Seriously Sassy:
Pinch me, I'm dreaming

サッシーは大まじめ
夢見るだけじゃ、はじまらない！

マギー・ギブソン＊著
松田綾花＊訳

小鳥遊書房

二つの輝く星、ヘーゼルとキーラへ

目次

前回までのあらすじ

十三歳の少女、サッシー・ワイルドの夢は、シンガーソングライターとして世界じゅうの人にエコなメッセージを届けること。環境破壊する大人を許さず、大型スーパーに抗議の手紙を送ったり、学校じゅうの電気を消したりする。

ある日、父親のアンガスが政治家として立候補することに。アンガスは票を集めるため、サッシーが選挙の日まで問題を起こさず、「普通のいい子」でいられれば、歌手になるためのデモテープを作ると約束する。

一生懸命、「普通のいい子」を演じようとするサッシーだったが、市長が複合施設を建設するためにブルーベルの森を破壊しようとしていることを知る。父アンガスとの約束に揺れながらも、サッシーは伐採当日、学校じゅうに呼びかけてストライキを決行した。木の上に登り、自作の歌をうたって抗議したサッシーたちの勇姿はテレビで取り上げられ、駆けつけた父親によって市長の汚職が発覚。アンガスは無事選挙に当選。しかしサッシーはデモテープの約束を逃したのであった。

登場人物

コーデリア　サッシーの親友。ゴシック風の洋服を身につける、魔女のような少女。

タスリマ　サッシーの親友。心理学者を目指し、ワイルド家を観察している。

ツイッグ　変わり者の男の子。サッシーのように社会問題に関心をもつ。

メーガン　サッシーの詩を盗作してコンクールで入賞したことをきっかけに、サッシーと仲違い中。

ピップ　九歳のサッシーの妹。おしゃれに関心が高い。

マグナス　クラスの人気者でサッシーの元カレ。環境問題には興味がない。

サッシーは大まじめ

夢見るだけじゃ、はじまらない！

・文中の＊は原註を示します。
・文中の▼は訳註を示します。

夢見るだけじゃ、はじまらない!

やあ! ようこそ、私の二冊目の本へ―― わーい! さて、調子はどう? 私は相変わらず、**コーデリア**と**タスリマ**が**最高の親友**。まあ、コーデリアは緑の目を**不気味に**光らせておっかないときがあるし、タスリマからは私の家族が全員**変人**だと思われてる。でも、二人と一緒にいるのが**とっても**好き。

メーガンはいまだに何を考えてるかわからない。マグナスも。一体なんなの! それと、ツイッグは自由気ままに過ごしてる……。

でも、この本のメインは私の**大きな夢**の話。そう、私の歌を人々に届ける夢。ところで、あなたにも**大きな夢**がある?

歌手になりたいとか、あるいはオリンピック選手、**スゴ腕**《うで》弁護士、聡明な科学者とか。それか、あなたが**叶**《かな》**いそうもない**と思いこんでいる、**片思い**の相手がいる、とかね! でも、諦《あきら》めないで! だって、夢って叶《かな》えることが**できる**こともあるから。たとえ思いもよらないような方法でも――私にはわかるの! どういうことか知りたければ、続きを読んでみて……

サッシー・ワイルド♡

追伸 ピップからあなたへ、**あつ~いキス**を送るね!

お世話になった方々へ……

マギーはこの本に携《たずさ》わり、夢を叶《かな》えてくれたすべての人に感謝いたします。才能ある編集者のアマンダ。素晴らしいエージェントのキャロライン。最高な〔原書の〕挿絵《さしえ》のヘ[illegible]ーと、デザインのサラ。素敵なコピーライトのジェニー。サッシーやその仲間たちを読者に届けるために尽力《じんりょく》してくれたタニヤとソフィーとルイーズ。そして舞台裏《ぶたいうら》で忙しく働き回っていただいたパフィンブックスのみなさま。

そして貴重な考えとインスピレーションをくれたイアン、キャシー、ヘーゼル、ハーラ、スチュアートにも感謝！

もしもあなたがパンダなら

もしもあなたがパンダなら
ふわふわ可愛《かわい》く優しくて
私はあなたが大好き
「会いたい」って言ってくれたら
きっと必ず会いに行くよ
歌って踊《おど》って
はしゃぎながら
待ち遠しいって言うんだよ
二人の初めてのデートを……

でも現実はそうじゃない
あなたは普通の男の子
あなたにハローと言われても

言いたくなるのはグッバイ

もしもあなたがシロクマで
フカフカ白い姿なら
私はあなたが大好き
「今日会える?」って聞かれたら
きっと必ず会いに行くよ
歌って踊《おど》って
舞い上がって
髪《かみ》のセットに何時間でもかける

でも現実はそうじゃない
あなたは普通の男の子
あなたにハローと言われても
言いたくなるのはグッバイ

イルカや赤ちゃんアザラシなら
私の気持ちは単純
心がホワホワになって
楽しくなって飛びはねる

でも現実はそうじゃない——あなたはただの男の子
あなたはふわふわではないし　あんなに可愛《かわい》くもない
あなたは絶滅危惧種《ぜつめつきぐしゅ》じゃない　脅《おびや》かされることもない
それでもねえほら——すねないで
ありえないってわけじゃない——
ただちょっと——まだなだけ!

サッシー・ワイルド

1章

お父さんはピップにカンカン。ピップは私の妹。満九歳。失踪《しっそう》してしまった新しいペット、おチビで毛むくじゃらのハムスター、フディーニを見つけ出し、お父さんが間違えて足で踏《ふ》まないような安全な居場所にかくまわない限り、ピップが十歳の誕生日を迎えることはないだろう。もしそうなったら私は殺人鬼の父をもつ一人っ子となり、牢屋《ろうや》へ通いながら、ささやかな食料と、決まり切ったメッセージを届けるの、〈ううん、お父さん、お母さんはまだ許してないから〉、ってね。

一方そのときお母さんは、カメラマンと新聞記者がお父さんと一仕事するために家に来るせいで、あたふたしていた――つまりほら、お父さんがスコットランド議会議員になったから――それで私と親友たちは、私の部屋でひっそりと過ごしていた。

「なんてことなの、ピップ!」お母さんはガウンをはおり「十歳若見え」きゅうり泥《どろ》パックを顔にぬりたくったまま急いで駆《か》け回っていた。「最後に見たのはいつなの?」

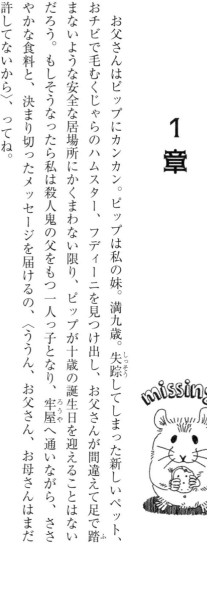

私の親友、タスリマは虹色じゅうたんの上で脚を組んで座り、新しいピンクのノートにペンを走らせている。タスリマは心理学者を目指していて、研究の第一歩として我が家を観察しているのだ。どうやら、タスリマは我が家を全員イカれた人だと思っているみたい。そして私は、それを認めざるを得ないときがある。だって、お父さんが議会議員として国を取り仕切っていくだなんて、どういうこと？　家のことすら取り仕切れていないのに。

一例として、トイレ。まともに使えない。これってホントに恥《は》ずかしい。水をほんの少し出すために最低でも三回は流さないといけない。

突然、耳をつんざくような叫《さけ》び声が聞こえた。タスリマはノートから顔を上げ、私たちはドアを見つめた。トイレが（三回）流れて、コーデリアがやってくると、その後ろをヒステリックに泣きわめくピップがぴったりとくっついてついてくる。

ほどなくしてお母さんがやってきた。

「落ち着いて、ピップ」お母さんは歯を食いしばったままガミガミと言った。泥《どろ》パックが乾きそうなところだから、ヒビが入らないように気をつけている。「ディグビーが帰ってくるまで、お姉ちゃんたちがフディーニを一緒にさがしてくれるわよ」ピップは「どうか助けてくださいスマイル」を私たちに向けた。とんでもないミスだ。顔がひきつって、まるで深夜にやっているホラー映画のよう。

「ディグビーが戻《もど》ってくる前って?」ギターを下ろしながら聞いた。コーデリアとタスリマに昨日の夜に書いた新曲「もしもあなたがパンダなら」を聴いてもらうつもりだったのに。歌詞を書いたのはつい最近――モチロン、ツイッグに出会う前だけど――そしてついに、コードとメロディをつけ終えたところだったのだ。

「お父さんがディグビーに、ネズミ捕りを仕かけさせたの」ピップは私のベッドに身を投げ、小さな体を震《ふる》わせながら、悲劇的にわんわん泣きじゃくる。「お父さんたち、フディーニを殺す気なんだ! 人殺し。冷血! フディーニは小さくて無力なハムスターなのに。サッシー、なんとかしないと」ピップは津波のように涙をあふれさせながら早口で言った。

「落ち着くのよ、ピップ!」タスリマは有無《うむ》を言わせぬ調子で言った。「フディーニの寝どこを教えて。シンプルに消去法で居場所をつきとめていくのよ」

驚くべきことに、ピップはまるでスイッチを「オフ」にされたかのように、静かになった。

「みんな、ありがとう」お母さんはため息をついた。「私はこれを顔から取らないと」

そうしてお母さんはいなくなった。

私たちは下の階へ降りて、フディーニが過去の逃亡で発見された場所を確認した。前回フディーニは、犬のブルースターが使うお皿の上で見つかった。かわいそうなブルースターじいさん！　目もほとんど見えなくなっていて、鼻を使うことも苦手なのに、突然ご飯が動き出すなんて。

その前なんて、フディーニはシンク下のゴミ箱のなかで発見されたこともあった。細長いニンジンの皮を口からぶら下げたまま、ディグビーの足元に転がり落ちた。ディグビーはネズミだと思ってキッチンの台の上に飛び乗って――信じられる？――家がひっくり返るくらいの叫《さけ》び声をあげたの！

リビングではお父さんが書類の山を忙しくめくっている。私はソファを壁《かべ》から移動させた。タスリマとピップは肘掛椅子《ひじかけいす》の下を覗《のぞ》きこんだ。お父さんは全然役に立ってくれない。ただブツブツと、「新しい議員の家庭」というインタビューの間にげっ歯類《しるい》が家で暴れ回ることはちっともイメージアップにならないことに文句を言っていた。

「もし新聞社の人たちがここに来るまでに見つけられなかったら」お父さんはそう言いながら書類を置いた。「ネズミ捕りに大きなチーズを仕かけて、自然な成り行きを見守ろう」

「お父さん！」私は噛《か》みつくように言った。「ネズミ捕りは**自然ではない**でしょう。植物は自然。木は自然。でもネズミ捕りは人工的。それにフディーニはチーズなんか食べないよ！ヴィーガンだもん」

そのときコーデリアがふらりと歩き出し、緑の目を光らせ、感覚を研ぎすませ始めた。

「シィイイイ……」コーデリアはフディーニの透明《とうめい》なプラスチックのハムスターボールの奥を、占い師のようにじっとにらみながら言った。「みんなの超能力のエネルギーを、こっちの方向に集中させてもらえないかしら」と彼女は指示した。

私たちは——お父さんまで——みんなコーデリアをじっと見つめるなか、コーデリアはうめきながらぐらりと揺《ゆ》れ、長い黒髪が顔を覆《おお》うように落ちた。

「何か見える?」私はささやいた。

「そうね……小さくて……丸まって……眠っている……」コーデリアは呟《つぶや》いた。

「どこ?」ピップが小声で言った。

「どこか暗くて——」

するとそのとき、玄関のベルが鳴り、コーデリアはパチリと目を開いた。

「新聞社がやってきたんだ!」お父さんはぎょっと息を飲んだ。「早いんだよなあ」

お母さんが仕切り始めた。「さあ、みんな。ハムスターのことは忘れましょう。きっと新聞社の人が帰るまで、寝ていてくれるわ」

お父さんはソファをまっすぐに直し、クッションをふっくらと整えてから、大またで玄関へと向かった。お母さんは私たちをリビングの外へと誘導《ゆうどう》し、上の階で静かに過ごすよう、厳しいルールを言い渡した。

「ごめんね、ピップ」私たちはだらだらと歩き、コーデリアはそう言った。「遠くには行っていないと思う。それに、安全なはず」

お父さんは「さあ、ようこそ新しい議員の住まいへ」というポーズを大げさにしながら正面玄関のドアを大きく開けた。

「ああ君か！」お父さんは失礼な態度で叫《さけ》び、私はドキッとした。なぜって、それが新聞社の人ではなかったから。ツイッグ！


「どうしていつもみたいに私の部屋の窓から来なかったの？」私の部屋にみんなが集まった。

「窓を開けてくれる人が部屋にいなかったからかな？」ツイッグは片側だけニヤッと笑った。

「下の階で、みんなでフディーニを探してたの」ピップは涙の跡《あと》がついて赤くはれた顔で鼻をグスグス言わせた。「もし見つからなかったら、お父さんに殺されちゃうかも」

「ほんとに？」ツイッグは言った。

コーデリアは超能力を使い果たして疲れ切った様子でクッションに沈《しず》みこみ、ピップは戸棚を探すため部屋を出ていった。

私はベッドに飛び上がり、脚を重ねて座った。「お父さんったら、ちょっと神経質――」

「シィィィ……」ツイッグが割りこみ、片膝《かたひざ》立ちになった。

タスリマは、顔にクエスチョンマークをつけながら私を見た。私は肩をすくめた。ツイッグのことなんて数週間しか知らないし、それに、友情のブレスレットはつけているけれど――でもどうして彼が今逆さまになって頭を私のベッドの下に入れているかなんて、説明できない。

「きっとプロポーズの儀式か何かなんじゃない?」タスリマは耳打ちした。

「そうね」コーデリアは呟《つぶや》いた。「それか、イカれちゃってるのかも!」コーデリアは寄り目で舌を突き出した。

ツイッグが突如《とつじょ》、よろりと立ち上がった。私のブラをしっかりと握《にぎ》りしめて! 数週間見かけていなかった、レモン色の可愛《かわい》いやつ。

コーデリアとタスリマは、目をパラボラアンテナの皿のように見開いた。そして私が〈私のじゃないしそんなの見たこともないし誰か別の人のものだ〉と口走ろうとしたとき、片方のカップのなかに、擦《す》り寄るように眠る、毛むくじゃらでハムスター型の何かが見えた!*1

「ピップ!」私はどなった。「来てごらん、ツイッグが見つけたよ!」

すぐさまピップはヒュッと現れ、ハムスターが寝ていることを一目見て確認すると、ツイッグにガバッと抱きつき、ンマッとキスをした。

ピップがツイッグから離《はな》れると、彼は私と目を合わせ、目配せで悪寒が伝わってきた。お

＊1　彼が小さなドワーフハムスターだってこと、言ったっけ？　より細かくいうと、Aカップにおさまるくらいの……

もむろに、タスリマがペンを取り出し、何かをノートに書きつけた。

「よし、ピップ、」私の声はハムスターみたいに甲高《かんだか》くなった。「フディーニをケージのなかに戻《もど》そう。今回はきちんと鍵がかかっていることを確認してね。さあ、みんなジュース飲む？」

それから私は逃げるように下の階へレモネードを探しに行き、落ち着きを取り戻そうとした。トレイに五つのグラスをのせて台所を出ようとしたとき、玄関のベルが鳴った。お父さんのアシスタントのディグビーはネズミ捕りを持って戻ってきた。

彼が家に入るなり、ピップは階段の手すりから身を乗り出して叫《さけ》んだ。「もう遅い！ ツイッグが見つけてくれたよ。その古臭いネズミ捕りはお店に返せば。人殺し、人殺し！」

「ピップ！」お父さんは大声でどなった。「ネズミ捕りは生きたままネズミをつかまえるんだ。人殺し**なんかじゃない！**」

「その言葉、使ってもよろしいですか？」知的な雰囲気の女性がディグビーの後ろから現れた。

お父さんは振り返り、ジャーナリストに早口でべらべらと挨拶《あいさつ》した。

「ようこそワイルド家へ」私は優しく微笑《ほほえ》みながら前へ駆《か》け寄った。「安全な家ですよ。ほんとに」

2章

タスリマとコーデリアは帰った。タスリマはおそらく金魚の水槽《すいそう》を掃除《そうじ》するために急いで戻り、コーデリアはお母さんが飼っているコウモリの世話をするために家に戻った。

「あとで電話してね!」タスリマはクスクスと笑いながら玄関の小道を進んでいった。

「そうね、あとでのろけ話を**全部**聞かなきゃ!」コーデリアはいたずらっぽく笑った。

階段近くの鏡の前を通ったとき、歯にほうれん草*2が挟《はさ》まっていないか——その他みょうなものが唇《くちびる》についていないかどうか、チェックした。それからピップの部屋へ向かって——守れなかったらじわじわと苦しむ死刑と言って——私の部屋に**一切**近づかないように忠告した。

ついに、私は自分の部屋へ入り、ドアをしっかりと閉めた。

ツイッグは窓のそばに立っていて、大きな老木の葉っぱをじっくりと見つめていた。彼が振り返り微笑むと、心臓が舞い上がって頭から飛び出してしまいそうな感じがした。

「パソコンは持ってる?」ツイッグは言った。

*2　ベジタリアンの悪夢。

私の心臓は飛行途中でよろめいた。パソコン！　ツイッグが、〈君がギターを弾く係、僕はそれをうっとり聴く係になるのはどうかな……〉なーんて言ってくれないか、ちょっと期待をしていたのに。

「お父さんしか持ってないの」私はため息をつきながら、ツイッグに対して期待しすぎていたのかも、と考えていた。「原始時代みたいなパソコンだよ。いい感じのゲームは何も入っていないの」

「いいね。見せたいものがあるんだ。インターネットはある？」

「うん」私はうなずいた。私の心は、力なくハラハラと急降下した。だって、もしも彼がお昼じゅうずっとパソコンで遊ぶだけなら、タスリマの家へ行って水槽《すいそう》のお掃除《そうじ》を手伝いたいくらいだもの！

私たちはぶらぶらと階段を降りてお父さんの書斎《しょさい》へと向かった――実際は書斎なんかじゃなくて、ただ物置きを改造しただけなんだけど――すると台所から美味しい匂いがふわりと漂《ただよ》ってきた。お母さんってば、ジャーナリストにいい母と正常な家庭をアピールするために、手作りのスペシャル・ジンジャークッキーを焼いているに違いない！

お父さんのパソコンが音を立てて動き始める間、ツイッグは私を見てニヤリと笑った。

「座ったらどうだい？」彼はただの椅子《いす》として使われている古びたピアノ椅子の端へ座っ

た。「広いから座れるよ」

「ここで大丈夫、マジで！」私はドアの横に立ってそう言い張った。「そんなに長くかからないでしょ？」

「了解！」彼は突然言った。「音量はどうやってあげるのかな？」

でも、私は答えなかった。答えられなかった。私は画面をじっと見つめた。面食らった。呆然《ぼうぜん》とした。なぜって、自分が映っているから。ブルーベルの森でのストライキの映像。ギターを弾きながら、歌っている！

「音量は？」ツイッグはもう一度尋《たず》ねた。私がボタンを指差すと、ツイッグは音が出るまで押し続けた。小さなスピーカーから、私のかすれるような声が流れ、ツイッグは笑った。

「そんな！　本当はこんな声じゃないよね？」私はハッと息を飲んだ。

ツイッグは首を振った。「全然！　僕のパソコンではちゃんと聞こえたよ。というか、抜群によかった」

「でも、どうしてインターネットなんかに？　だって――誰が撮《と》ったの？」

「さあ。誰かがやったんだ。ほら！　アップロードされてから数日しか経っていないのに、五六九回も再生されているんだ……おお、五七〇！」ツイッグは笑いながら言った。

小さな笑顔がひょっこりと覗《のぞ》く。その笑顔はどんどんはっきりとしてきて、もはやただの笑顔ではなくなった。幸せの大きな波が押し寄せて、それが叫《さけ》び声となって口から飛び出して、そして私は踊《おど》り出した。とってもワクワク！　ブルースターは吠え出し、ピップは階段から身を乗り出してどなった。「静かにしてよ、フディーニが起きちゃうでしょ！」そしてお母さんがこちらにやってきて「シィーッ、シィーッ」となだめ、それからお父さんとジャーナリストとカメラマンは口々に「どうした？　何があったんだ？」と言い、ツイッグが動画を見せると、ジャーナリストは「ワオ！　とってもすてき！」と言った。それからツイッグは再生回数が三回も増えたことを伝えた！

「ギターを持った君の写真を撮《と》ってもいいかな？」カメラマンはカメラのレンズを取り替えながら、そう提案した。

「素晴らしい記事になると思うんだ。人々の興味をそそるような切り口だ」ジャーナリストは小さなレコーダーをポンとはじいてお父さんの顔に突きつけた。「それで、娘さんのスターになる志をどう思いますか？」

かわいそうなお父さん！　こんなの、話したかったテーマとかけ離《はな》れてる。ここ数日、議論すべきまじめな話を私たち家族にうんざりするほど聞かせていたのに。ほら、保健サービスや燃料だの価格だの、ストラスカロン高校の水道設備の問題とか。

お父さんがインタビューの話題を軌道《きどう》修正しようとするなか、ツイッグは上の階へギターを取りに行った。カメラマンは、私が自然を大切にしているイメージを表現するため、庭を背景にした写真を何枚か撮ろうとした。

「カメラは見ないで」ライラックの木の前で私はポーズをとった。「よし、いい感じだ」カメラマンがシャッターを切り、私が頭をあちこちに向けるなか、ピンクのロングドレスを身にまとい、まるで歩くウェディングケーキのようなピップが私のほうにやってきた。

「そしたら庭のあのレトロなブランコでも何枚か撮ってみようか」カメラマンは言った。

「ピップが学校のお芝居《しばい》で使った眠り姫の衣装」私は彼についていきながら静かに言った。「普段よりもおめかししてるんです」

そして私はブランコに腰かけ、ギターを鳴らした。カメラマンがシャッターを切るなか、ピップはまるで見えないチョウチョを追いかけているかのように、私の前をふらりと歩いた。

「オーケー」カメラマンはため息をついた。「いいだろう。家族の写真も撮ろう」すると彼は家のなかに戻《もど》り、ピップはそのあとを踊りながらついていった。

ツイッグは草むらの上に脚を組んで座り、不思議そうに私を見つめていた。

「何?」そう尋《たず》ねながら、顔が赤くなった。

彼は思っていることを言おうかどうか、慎重《しんちょう》に考えているようだった。

「ただ考えてただけ……」彼は口を開いた。

「何を考えてたの？」

「君が変わってしまわないかって」

「私がなんで変わってしまうのよ？」

「有名になるからさ。スターになるから」彼は前髪《まえがみ》の間から私をちらりと見た。

「動画が一つネットにあがっただけでしょう！」私はギターのネックにカポをつけながら笑った。「最高だよ（ジャン）しかも新聞にものせてもらえる（ジャン）すごいことだよ（ジャン）だけどレコーディング契約《けいやく》も何もないんだもの。（ジャジャジャジャン）」

ツイッグはまだ私を見ている。彼の目は柔《やわ》らかいこはく色だ。ほんの一瞬想像してしまった、彼がこちらに近づいて、ギターをどけて……

「とにかく」私はそう言うと、ギターをけたたましくトゥワンと鳴らし、自分自身を現実世界に引き戻《もど》そうとした。「変わる必要なんか、ないもの」

「成功すると人は変わるんだよ」ツイッグは言った。「アリゾナ・ケリーなんかそうだろう。十四歳でヒットして、今ではドラッグやらなんやらですっかりめちゃくちゃだ」

アリゾナ・ケリーの最新のミュージックビデオが頭に浮かんだ。ヒョウ柄のビキニは裸同然、ニシキヘビと一緒に床で身をよじりながら、カメラに向かって唇《くちびる》を突き出していた。それだけでも悲しいのに、歌も最悪だった。

「あんなふうになるわけないでしょ！」私は叫《さけ》んだ。「私が歌うのは、大切なもののため。惑星《わくせい》のこと、動物のこと、私たちが世界にしていること。私が歌うのは伝えないといけないことがあるから。有名になるためだけに変わるなんてこと、ない！」

「じゃあもし、環境汚染《おせん》を引き起こすような海外公演をするようにお願いされて、引き受けなかったらアルバムを出してくれないって言われたら？」

私はあきれた顔をした。「ねえ！　海外公演なんてやらないでしょう！」

「でも、やりたいんじゃない？」

「たぶんね」私はゆっくりと言った。「でもそんなことにはならないもの……それにもしそうなったとしても、自分のポリシーはわかってる。本当に、まじで、絶対に変わらないから」

「本当？」

「本当」本気だ。

完全に。

3章

日曜の夜。

さっき、誰も家にいなかったとき、テレビでこんなドキュメンタリーを観た。途上国の搾取《さくしゅ》工場で小さな子どもたちが働き、そこで作られた服がイギリスで売られている。とてもショックだった。だから今、自分の部屋で、この思いを歌にしようとしているのだけれど、まるでクリエイティブな力が封印《ふういん》されてしまったかのように、何も思いつかない。

とうとう私は諦《あきら》めて、代わりにコードの練習をすることにした。それから寝るしたくをして、小さなテディベアと一緒に布団に入った。でも眠れない。頭のなかでぐるぐると心配なことが駆《か》けめぐっている。小さな子どもたちが、工場で搾取されていること。バンドウイルカやアカウミガメ、アカエリマキキツネザルが、絶滅《ぜつめつ》の危機に瀕《ひん》している。そして飢餓《きが》。地震。洪水。それに、ドーセット州のロバの保護区域にいる、私の養子のロバのアグネスのことも。だって、彼女が天寿《てんじゅ》を全《まっと》うするまで不自由なく生きるために毎月五ポンド支払うって約束したけれど、そのお金はどこで手に入れるの？

頭が回り、まるで竜巻のなかでフリスビーがブゥンと飛ぶような感じがした。とうとう起き上がり、ベッドの横のランプをカチリと点けた。私がちっちゃかったとき、悪い夢を見るとお母さんは私をベッドから出して、トイレに行かせ、歯をみがいて、それから、まっさらな状態で布団をかけてくれた。私は、それを真似してみた。起き上がり、歯をみがいて、ベッドに戻《もど》ってランプを消した。今度は、目を閉じながら、私は世界で起こるいいことを思い浮かべた。素敵なこと全部……

お父さんが昨日来た新聞記者とカメラマンの記事は火曜日の新聞にのるって言っていた。かなり楽しみだ。だって、そういうことから壁《かべ》が打ち破られるでしょう？　動画がインターネットにのるようになって、新聞に掲載《けいさい》されて、そして知らぬ間にレコーディングの契約《けいやく》のオファーが来て、そしたらアラナント！　望んでいたものすべてが、手に入っているのよ。

でも、もしツイッグが正しかったら？　もし私がレコーディング契約をもらって、それで会社が、私がやりたくないことをやらせようとしたら？

私はベッドの横の照明をもう一度点け、私の「**完全秘密ノート**」をベッドの脇の引き出しから取り出した。私はノートをパシッと開き、新しいページの一番上にこう書いた。

スターになるために決してやらないこと

私、サッシー・ワイルド、十三歳は、有名になるだけのための行為を決してしないことを正式に誓《ちか》います。

1　毛皮を着ないこと、またその他動物に対する一切の残酷《ざんこく》行為。

2　環境に優しくない方法で移動をしないこと。

3　撮影《さつえい》でキスをしないこと（ツ〇〇グを除く）。

4　軽率、不潔に見えるようなバカげた服を着ないこと。

5　脱がないこと。自分の体はプライベートな領域であり、誰にも見せることはない！

6　いかなるアルバムの製造においても、途上国の貧しい人に不当な賃金で作らせない。

7　薬物を乱用しない。どんなことがあっても。

8　フレンズ・フォレスト、鳥のお友だち、フレンズ・アース、セーブ・ザ・プラネット、セーブ・ザ・チルドレン、ナナフシを守る会、グリーン・ピース以外の広告に出演しないこと。

9　誰かに依頼されても歌詞を書き換えない。
10　何よりも大切なこと、絶対にずっと、コーデリアとタスリマが私のソウル・シスターで、親友であることを忘れない。

よし。きっと全部網羅《もうら》できたはず。なんだかすごくいい気分だ。

私は世界をコントロールできるわけではない。でも、サッシー・ワイルドに関することなら、ちょっとならコントロールできる。私は自分自身と契約書《けいやくしょ》を交わしたのだ。契約なら守れるはずだもの、ね?

私は明かりを消した。そしてようやく、深くて夢のない眠りについた。

4章

今朝の学校は、少し変だ！

情報の授業でメーガン――ツイッグの義理の妹で、私の元親友――がミッジ・マーフィにインターネットにあがっている私の動画のことを話した。

するとミッジ・マーフィは情報のスミス先生にそれを話し、スミス先生はそれをダウンロードしてクラスのみんなに見せようとした。

「誰が撮《と》ったのかしら？」三回連続で再生し、ミッジが再生と停止を繰《く》り返したり巻き戻《もど》したりとことん遊んだせいで、動画のなかの私が声も見た目もまぬけなやつみたいになっていたときに、スミス先生は尋《たず》ねた。

「きっと、最近来たあのツイッグって子じゃないかしら！」シンディ＝スーは興奮《こうふん》して言った。「ほら、あの変わった人」

「ちょっと！」メーガンがとげとげしくどなった。「私の義理の兄なんだけど」

「彼ではないさ、バカだなあ」マグナス・メンジーが画面を指差した。「見て！　彼は木の上でサッシーの隣《となり》にいるだろ！」

私はマグナスを汚物を見るような目で見たが、彼は完全に誤解《ごかい》して微笑《ほほえ》み返した、全面的にフレンドリーな態度で。まじで、マグナスは水泳チャンピオンかもしれないし、脳みそはベルギーほどのサイズがあるかもしれない、だけど、人の気持ちを知る能力はしなびたピーナッツほどしかない。そして、マグナスと私には過去がある。嫌な過去が。

「予感がする！」コーデリアは真っ黒なネイルをした指を大きく開いた。「もちろん、確証《かくしょう》はないけれどね。でも、私の予感によると……」彼女はドラマチックに間を置いた。「キャシディ先生じゃないかしら」

「キャシディ先生？」マグナスが鼻で笑った。「美術の先生の？」

「ああ、先生はサッシーの木のちょうど正反対のところにいたな」ミッジ・マーフィは言った。「だからもし先生が動画を撮《と》れる携帯を持っていたら、簡単にできるはずだ」

「でも音質を聴いてみて」スミス先生は音量を上げた。「携帯の録画ではこんな音は録《と》れないはずよ。そう、これはビデオカメラで撮られたものだわ。しかも、高級なものだと思うわね」

「別にいいの」私は肩をすくめた。「誰がやったのか、知りたいといえば知りたいけれどね

――お礼も言えるし」

「きっと、あなたのことをとても好きな人よ」スミス先生がそう言うと、マグナスは私を見てにこっと笑った。「なぜなら、もしあなたが歌手として成功したいなら、サッシー、宣伝する必要があるもの。この動画は、素晴らしいスタートね」

「それだけじゃないのよ、先生！」メーガンは興奮《こうふん》してべらべらとしゃべった。「サッシーの写真が明日の新聞にのるって、ツイッグが言ってた」

「まだのるかわからないのに、メーガン！」私はぎょっとした。「誰にも知られたくなかった！」

「ごめぇんっ！」メーガンは声を震《ふる》わせ、顔を赤くした。「ツイッグってば、ナイショだってこと言ってくれればよかったのに！」

「新聞にのるのねえ！　すごいことだわ」スミス先生はギスギスした雰囲気を無視して満面の笑みを浮かべた。「そのうち私たちのことも忘れてしまうのかしら、お金持ちで有名になるんですもの！」

「でも金持ちで有名になんてなりたくありません！　私はただ自分の歌をみんなに聴いてほしいんです。私は今までどおりのサッシーです。友達もずっと変わりません」私はタスリマとコーデリアに微笑《ほほえ》んだ。

「だよね」メーガンは私の肩に腕《うで》を回した。「私たち、ずっとサッシーの友達だよ」

　私はメーガンの腕から逃れた。実は、私たちは小学七年生のときに絶交しているの――彼女が私のものを盗んで、嘘《うそ》をついて、**大問題**を起こしたから。それは大昔のことで、彼女が最近仲直りしようとしているとはいえ、彼女を信用していいのか、まだわからない。それに、友達として彼女と一緒にいたいかどうかも、わからない。

　うーん、どのみち親友ではないかも。


　次の日の朝、朝食をとろうとあくびをしながら下に降りると、お母さんは食品添加物《てんかぶつ》のせいでハイになってしまった子どものように、台所を飛び跳《は》ねていた。これは普通じゃない。お母さんは朝型ではないのに。いつもならお母さんは寝巻きを着たままよろめき、家具にぶつかりながら、消化不良のカバみたいな低いうめき声をあげていて、お父さんがあらゆる準備をしている。

　スムージーに使うキウイとバナナを取っているときに、ピップがヒュウッとやってきて、フディーニを机の上にポンと置いた。フディーニはすぐさま朝食のトーストへ飛びつき、かじりだした。

「おかあさあああん!」私は金切り声をあげた。「こんなこと許されないよね? すごぉぉく不衛生」

「ううん、そんなことない」ピップはプンプンしながら言い返した。「フディーニはきれい好きなの。実は毎日、朝一番に体を洗うの。とにかく彼、お腹をすかせてる。それにフディーニも家族の一員でしょ。サッシーと同じように」

私はあきれて天井を見た。数週間前まで、ピップはまるで見た目が――振る舞いも――狂ったロリータ人形だった。今やロリータは消え去り、彼女は自然大好き。うんうん、それは大きな進歩なんだけど、でも朝ごはんを毛むくじゃらのドワーフハムスターとシェアするなんて、ありえない！

フディーニは下品な目つきで私を見つめ、そしてテーブルにばらまいた――ハムスターのフンの道しるべを。

「おかああさあああん！」私はおびえながらうめいた。

「はい！　はい！」お母さんが間に入る。「フディーニはここでいいかしら、ピップ」するとお母さんはガラスの耐熱ボウルをテーブルに置き、フディーニをすくい入れた。「ほうら」お母さんはレタスの葉をフディーニにあげた。「彼は私たちと一緒にテーブルにいてよい。いいわね、サッシー？　そしてピップ、あなたはテーブルを消毒できるわね！」

そのとき、玄関のドアから朝刊がバサリと落ちる音がした。ブルースターが吠え出した。

(彼は、たとえ新聞が毎朝降ってこようとも、ドアポストの真下にいるのだ。)ピップは興奮《こうふん》してキーキーと叫《さけ》び、取りに走った。

ピップは一瞬で戻《もど》ってきて、お父さんがのっているページを探し始めた。でも、新聞がバラバラに落ちてしまった。ブルースターはまだ荒《あら》ぶっていて、こちらへなだれこんできたかと思うと、吠え散らかし、そこらじゅうの落ちた新聞を踏《ふ》み散《ち》らかしたのだ。ピップは悔し泣きを始めた。お母さんと私は、這《は》いつくばってお父さんの特集ページを発掘しようとした。

「なんてこった!」台所にやってきたお父さんが、お母さんと私がしゃがみ、ピップがすすりあげる様子をみてわめいた。「何が起きたっていうんだ?」

お母さんはぎょっとしてお父さんを見上げた。「ほら、新聞が届いたのよ」私は《新しい議員の住まい》と書かれたページをつかみ、床に広げた。一兆匹もの神経質なコウモリが私の胃をつねるような感覚。

「とっても素敵な写真!」お母さんはそう叫び、そのページを取り上げ、みんなが見られるようにテーブルの上に広げた。そしてそう。本当に素敵な写真。お母さんとお父さんと、ピンクのドレスを着たピップが写っている。

でも、私の写真はない。影すら写っていない。

「ああサッシー、本当に残念だ」お父さんは私の髪《かみ》をくしゃくしゃとなでながら言った。「新聞っていうやつは。何をのせて、何をカットするか、全然わからないんだ」

「いいの、お父さん。元々私の特集ではないもの」私は気丈に笑い、落ちこんだ気持ちを隠そうとした。「それにしても、すごく素敵に写ってるね」私がピップにそう言うと、彼女は写真を一目見ようと私とお母さんの間に割りこんだ。

「アァァァ〜、ピップったら」お母さんは鳩《はと》のように喉《のど》を鳴らした。「とってもキレイに写ってる」

「だってモデル志望だもん」ピップはお母さんに輝《かがや》く笑顔を向けた。「でも、環境に優しいモデルなんだ」

「サッシー、大丈夫?」私が静かにドアへ向かうのを見て、お母さんは尋《たず》ねた。「新聞にのらなかったこと、落ちこんでない?」

するとそのとき。床に落ちてしわくちゃになったページから、何かが私を見つめていた。

私はそのページをブルースターの足元から引っ張り出し、ピンと伸ばした。

「ワァーオ!」ピップは見出しを見て叫《さけ》んだ。「とーっても最高じゃん、サッシー!　丸々一ページ、サッシーのものだよ!」

私はうろたえながらじっと見た。

サリー・ワイルドはこの星を守るために歌う
ハムスターマニアの九歳のサリーは、スーパーモデルを夢見ていた。しかし小さな歌姫の素質は、それだけではない。

インターネット上の動画は再生回数を急速に伸ばし続ける。「私の夢はアリゾナ・ケリーみたいになること」サリーは舌足らずの発音で私たちに語った。

そんな姿を見た私たちは、若きスターの成功を期待している!

動画はこちらからチェック www.seeme.com/sassywildesings

「あら、なんてことなの」お母さんは私の様子を察知して言った。

「アリゾナ・ケリーになりたいなんて**言うわけない!**」私はまくしたてた。

「だからジャーナリストは嫌なんだ。信用できない」お父さんはため息をついた。「言っていなくても話を作り上げるんだ」

「でも**アリゾナ・ケリー**だなんて!!!」

「何が悪いの?」ピップがピーピー言った。「アリゾナ・ケリーいいじゃん!」

「でもね、私は好きじゃないの」私は息を荒《あら》げた。「それに私はハムスターマニアじゃない。それに九歳じゃない。それに名前はサリーじゃない! それに私は舌足らずじゃないよ!

完全にあんたとごちゃ混ぜにされてるじゃない、ピップ！」

「でも、それ以外はいい感じじゃない、ね？」お母さんは期待をこめるように言った。「それに**本当に**素敵な写真よ」

「しかもほら、ウェブサイトのリンクは正しいみたいだぞ」お父さんは明るく付け加えた。「本文はスペルチェッカーが勝手にサッシーをサリーに変換してしまったんだろう」

死んだ魚のような気持ちを引きずりながら、私は上の階へ行きリュックを取った。新聞が私のことを九歳のすっからかんのエアー・ヘッド*3として記事を書くなんて。

もしも学校で誰かに知れたら、容赦《ようしゃ》なくからかわれる。自分の部屋に戻《もど》り、コーデリアとタスリマにメッセージをした。


SOS！！！　緊急事態！！！！　いつもの場所集合！　Sより

そのとき、玄関にあるおじいさんの古時計が九時のチャイムを鳴らした。本当は九時じゃない。お母さんは何事にも遅れないようにするため、時計を三〇分早く設定しているのだ。深呼吸をして、下の階へ勢いよく行き、さっと家を出て、この大惨事《だいさんじ》を助けてくれる親友に会うために、学校の防火扉へ向かった。

＊3　タスリマ曰く：もしも頭に空気が入っていたら、つまり何も入っていないってことでしょ？

「落ち着きな!」私が悲劇的な出来事を説明するなり、タスリマはそう言った。「どうせそんなひどい新聞、誰も読まないわ」

「そのとおり」コーデリアは眠たげにあくびをしながら言った。「ただ静かにしておくこと。誰も知る必要ないし」

「うん、でも新聞にのることは、メーガンがみんなに話しちゃってるよ」私はブツブツと言った。

「でもメーガンは**どの新聞か**言わなかったもの」タスリマはさとすように言った。「新聞なんて何社もあるわ。誰もこの新聞の、あなたのページなんて、目を通さないわよ、そうじゃない?」

ちょうどそのとき、本鈴が鳴った。九時だ。もう教室にいるべき時間。

「心配すべきことを間違えてるわ、サッシー」タスリマはリュックを肩にかけながら言った。「心配すべきことは、教室へ向かう途中でスモレット先生に見つかって居残りの罰をもらわないようにするってこと」

タスリマとコーデリアのような親友がいるなんて、私は世界で一番幸運な人間だ。私はときどきパニックを起こすけれど、タスリマはいつも私を落ち着かせてくれて、事態がそれほど最悪ではないことを教えてくれる。〈問題というのは、〉タスリマは言う、〈ゴールにたどり着くまでの、ちょっとしたチャレンジなの〉。一方、コーデリアは守ってほしいと思うときに、味方になってくれる。緑の瞳《ひとみ》を光らせて、嫌なことを退治してくれる。

私たちは息つく間もなくピボディ先生の待つ教室へ着いたけれど、ドアは閉まっていた。悪い予感。

「私が話してみる」コーデリアがささやいた。タスリマと私はうなずいた。コーデリアは誰よりも素晴らしい作品を書くので、*4 ピボディ先生は彼女を素晴らしい生徒だと信じているのだ。

コーデリアがドアを開け、私たちは教室に入った。コーデリアが、ピボディ先生の手編みの靴下を褒《ほ》めようとしたとき、ミッジ・マーフィが叫《さけ》んだ。「はいチーズ、アリゾナ・サリー！」彼はカメラを持つような手振りで、猛烈《もうれつ》にシャッターを切るフリをした。みんなは笑い、男子は口笛を吹き、私の顔は燃え上がった。

「いいわ、三人とも」ピボディ先生はため息をついた。「はやく席に着きなさい。お祝いするには、朝早すぎるわよ」

信じられる？　午後の最後の授業、歴史の時間で、マグナス・メンジーが私にメモをくれ

＊4　実際は、コーデリアはただ日常生活について書いているだけなんだけどね。ピボディ先生がコーデリアの作り話だと思いこんでるだけ！　だって、ペットのコウモリと魔女のお母さんと一緒に暮らしている人なんて、そういないよね？

たの――デートのお誘《さそ》い！　どうやら彼はお手紙は効果てきめんって思っているみたい。どんな方法であれ有名になることは素晴らしい、と彼は言った。彼は憧れの男子ランキング一年生部門で一位になったことで、私たちのことを「イケてるカップル」と思っているみたい。*5 でも私はもうマグナス・メンジーに興味ない。私もまだ若くて世間知らずだったし、さんざんな終わり方だった。私の心の深い傷はいまだに回復途中で、傷口を開くようなことはしたくない。もし私がまた一緒にデートしたがっていると彼が本気で思っているなら、正真正銘《しょうしんしょうめい》の愚《おろ》か者だと思う！

実は、私は自分の気持ちについてすべて書いている途中だ。なぜ彼が私にとって、次にあげる人々の次に、**一番デートしたくないか**という詳細な説明を。

一　悪臭スモレット校長
二　オサマ・ビンラディン▼
三　ミスター・ビーン▼

残念ながら、チャイムが鳴ってしまったので、そのメモを彼に渡すことができなかった。

コーデリアとタスリマと私が腕《うで》を組みながら学校を出る頃、どうなったと思う？　みんな、

＊5　私はミッジ・マーフィに投票したの。実は、同情で選んだ。誰も投票しないだろうから。

▼　イスラム過激派のテロリスト。国際テロ組織アルカイーダをつくった。

▼　イギリスのコメディドラマ『Mr. ビーン』の主人公。

新聞のことなんかすっかり忘れていたの！

「なぜなら」バス停に向かう途中でタスリマは説明した。「人が興味を保つことができるのは平均三秒と言われているわ。もうね、サッシー、あなたは古いニュースってわけ」

私たちは学校からまっすぐお店に向かい、タスリマは先週パキスタンにいるおばあちゃんから送ってもらったお小遣いで、買い物をすることができた。「新しい服がほしくて」昨日の生物の授業中、彼女はそう言っていた。「それと、二人におっきなミルクシェイクもおごってあげるね！」

ミルクシェイクのことを考えることで、二コマの数学と身を切られるような国語と果てしなく長い歴史を乗り切った。

バス停ではすでに行列ができていた。一番後ろで待っていると、メーガンが私たちを見つけ、こちらにやってきた。メーガンはタスリマとコーデリアとおしゃべりし、私はその様子に口出ししないようにした。

道路の反対側にはマグナスとビーノ・バートレットがふざけあって、お互いの上着を叩いたり、大声でワーワー言ったり、こちらの気を引こうとしているのが見え見え。それで私は国語の時間に書いたメモをカバンから見つけ出してマグナスに渡すべきかどうか考えていると……誰かがモトクロス用の自転車に乗ってやってきた、ツイッグだ！

「やあ、サッシー!」彼は息を切らしながらそう言うと、自転車から飛び降りて私の隣《となり》に着地した。

ツイッグには、何かを感じる。彼に会うのは、くもった一日に晴れ間がさすようなものなのだ。

「君ん家に行けたりしないかな?」提案とお願いが入り混じる言い方だった。「お父さんのビデオカメラを持ってきてるんだ」彼は私にリュックを見せようとくるりと後ろを向いた。

「ちょっと、兄さん!」メーガンが口を挟《はさ》んだ。「お父さんに見つかったら怒られるわよ!今すぐ家に戻《もど》したほうがいい!」

ツイッグはあからさまにそれを無視した。「君の歌の動画を作りたいと思ってね。ファンのために、インターネットにのせるのさ」

マグナスはふざけあうのをやめ、こちらを見ていた。私たちの会話を聞こうとしているみたいだった。私はツイッグと一緒に行きたかったし、話を断りたくなかった。それにマグナスもこれで諦《あきら》めるだろうし。でも親友二人を置いて男の子を優先させるなんて、できるわけないよね?

こういう考えが、まるで無人駅を通り過ぎる急行列車のように脳みそのなかをヒュンヒュンと駆《か》けめぐるなか、コーデリアは声を張り上げた。「ツイッグと行ってらっしゃいよ、サッ

＊6　スペシャル・スーパー・ビューティフル・ゴージャス

シー！　新しい動画を作るの。成功のためには、そういうことをしたほうがいいわ。タスリマはスペパビジャス[*6]な服を見つけられるはず！」

「コーデリアの言うとおりね、サッシー。ツイッグと行ったほうがいい」タスリマは笑った。

「もし、サッシーがそうしたいならね。私はいいの、本当に。あのミルクシェイクは、また今度飲めばいいし」

　私はコーデリアとタスリマを見た。二人は永遠の親友だ。そのとき、マグナスがツイッグをにらみつけていることに気がついた。マグナスに傷ついていてほしいと思うのはよくないけれど――でも彼はもうちょっとうぬぼれがなくなったほうがいいと思う。そして私は国語の授業中に書いたメモを超える超大作を、危うく彼に伝えるところだった。

「ツイッグ、それ最高だね」私はそう言うと、二人の親友にハグをして、メーガンにも優しくバイバイを言って、ツイッグと一緒に道路を歩き始めた。

5章

家へ向かう途中、私は新聞の惨劇《さんげき》について、ツイッグにぶちまけた。

「そうだよね。記事を読んだよ」ツイッグはそう言いながら、私が追いつけるように、自転車のペダルの上でバランスをとっていた。「だけどいいことだったかも。ジャーナリストやカメラを使う人たちを信用してはいけないっていうことがわかって――」

「ツイッグもこれからカメラを使うのよね?」意地悪に口を挟《はさ》んでみた。

「それはベツモノさ」ツイッグは笑った。「僕は君の味方だって、知ってるでしょ?」

彼がそう言ったときの、この温かい気持ち。ツイッグが味方でいてくれてうれしい。私は絶対に彼を信じている。私が思い描いているような姿を撮影《さつえい》してくれるって、知っている。

この温かい気持ちが残るなか、私たちはあれこれおしゃべりしていたけれど、家の前まで来ると、おぞましさにアゴが落っこちた。家の前に、巨大で真っ黒、身の毛のよだつ四輪車が止まっているではないか――気候変動に**非常に**影響《えいきょう》がありそうなシロモノ。

「あれの持ち主、誰だろうね？」ツイッグはそう尋《たず》ね、ブルースターは鼻をクンクンさせながら、ヨタヨタとこちらにやってきた。

「ディグビーが、大物政治家がお父さんに会いに来るって言ってた。環境問題について議論するためだって、信じられる？」

「シィィ！」ツイッグは自転車を持ち上げ、生垣《いけがき》を越《こ》えて芝生《しばふ》に置いた。「どうりで、世界がめちゃくちゃなわけだね」

「個人的には」私は玄関の前をふさいでいる大きな鉄の塊《かたまり》の間をすり抜けながら言った。「こういう乗り物に乗っている人たちは我慢《がまん》ならないの。惑星《わくせい》に対する罪に気づいて、埋《う》め合わせすべきだよね、たとえば何兆時間も奉仕活動をするとか――」

「僕なら強化合宿送りにするかな」ツイッグはニヤリと笑った。「**問題児のためのエコ強化合宿**。植林による重労働で、彼らがバカげたハマーで大気に排出した二酸化炭素をすべて元に戻《もど》すのさ」

玄関に入り私はいつものように「ただいま！」と叫《さけ》び、リュックをコート掛けのほうへ放り投げた。台所のガラスのドアから、私たちは男と女がテーブルに座っているのを見た。お母さんは彼らにコーヒーとマフィンを出し、私がツイッグと一緒に上の階へ逃げようとしたとき、猛烈な勢いでこちらに手を振ってきた。

ツイッグと私は顔を見合わせた。「お父さんのお客さんのために、あっちに行って完ぺきな娘を演じないといけないみたい」私はうめいた。

「それじゃまたあとでね」ツイッグは言った。「ビデオカメラを準備しておくよ」そして彼は私の部屋へ向かっていった。

私が台所のドアを開けると、お母さんはさっと立ち上がり、満面の笑みでやってきた。「こちらが、」お母さんは張り切って大声でしゃべっている。「サッシーです!」

男と女は、まるで異常な人を見るような目で私のことを見つめた。私はしかめっ面を保っている。彼らがいかにVIPだったとしても、私には関係ない。惑星を汚す中心人物には、笑顔を向けることはできない! 残念ながら彼らは私の意思表示に気がついていないようだった。ますます腹が立つ。

「お母さん、もう行っていい?」私はぶつくさと言った。

「サッシー!」男は親しげな声でそう言った。私は重いため息をつき、あきれた顔をした。

「君のお母さんから、君がいかに環境問題に対して真剣《しんけん》に考えているのか、聞いていたところなんだよ。素晴らしい。君は、惑星を守りたいそうだね」

その次に何が起きたのか、自分でも説明できない。一刻も早くツイッグのところへ行きたいと思っていただけなのに、気づけば私は舌がコントロールできないくらいにまくしたてていた。「うちの前に停めてある、あの汚い高燃費車の持ち主はあなたということですよね」と、自分が言うのが聞こえた。「都会で**ハマー**に乗ることは、普通の車の三倍もの汚染《おせん》をもたらすこと、ご存知ですよね？」

次から次へと言葉があふれてしまう、まるでトイレットペーパーが転がって、いつの間にか床の上に何マイルも積み重なってしまったよう……。

「つまり、あなたみたいな人たちが、環境に優しい乗り物を選ぶことすらできないのに、この惑星《わくせい》が助かるとでも思いますか？」

「サッシー！」お母さんは口に入ったマフィンの破片をそこらじゅうにまき散らした。

カッコよくきめた女は眉《まゆ》をひそめながら、お母さんからくらった流れ弾を胸元の開いた服から慎重《しんちょう》に拾いあげた。彼女はびっくりするくらい日焼けしていて、まるで暖かくて日当たりのいいどこかへ毎週末飛行機で渡航《とこう》しているかのようだった。そして、短距離《たんきょり》の飛行機の利用がぞっとするほど環境汚染になるということを彼女に教えようとしたとき、彼女は理解不能なことを言った。

「看板に偽《いつわ》りなしってことね」

この時点で私は自分自身の汗でできた水たまりの上に立っていたので、自分が溺《おぼ》れてしまうくらい深いかどうか、なんてことを考えていた。数千もの思考が頭をよぎる。最も大きい考えはこれ。〈どうしよう。お父さんにまじで怒られる〉次に大きいのがこれ。〈どうして私はいつも思ったことを口に出してしまうのよ?〉

お父さんの始まったばかりの政治家としてのキャリアを台無しにしてしまうんじゃないかと思ってかなり動揺《どうよう》していたせいで、男と女が微笑《ほほえ》んでいることに、しばらく気がつかなかった。

「彼女はまさに、我々が求めていた存在です」男はお母さんに向かってそう言った。

そして女は立ち上がり、私に握手《あくしゅ》を求めるように手を差し出した。「私はジン・ウィリアムズよ。よろしくね、サッシー」

「僕はベンだ」男は言った。「ワイジェン・ミュージックのスカウトだよ。僕たちは、昨日の新聞を見て、君の動画をネットで観たんだ――」

「聞き間違いじゃないよね?」私は口走った。「ワイジェン・ミュージックなんですか? あのレコーディング会社の?」

ベンとジンはシンクロでうなずき、私はへたりとたおれこむとお母さんが椅子《いす》で受け止めてくれた。信じられない。この日が来るのをずうっと夢見ていた。夢かもしれないと思って、体をつねってみた。でも痛い! つまり、現実ってこと。そして私は、世界じゅうで一番ハッピーな女の子なのだ!

6章

「歌がうたえるだけではだめなの」お母さんがコーヒーのおかわりをいれるなか、ジンは説明を始めた。「結局、あなたの年齢で歌がうまい女の子はたくさんいるの」

「サッシーは作詞も自分でやってるんだよ」ピップは甲高《かんだか》い声で言った。ピップは学校から帰ってくるなりすぐさま台所へやってきた。私と同じくらい興奮《こうふん》しているようだ。

「それは大きなポイントだね。君の持ち味を出せる部分だ、サッシー。つまり、君自身のスタイルがあるということになるんだ」とベンは言った。

「そして」ジンは言った。「環境のことについて情熱をもっていることが素晴らしいわ。多くの子どもはあなたと同じことを考えているはずよ、世界がめちゃくちゃになっているって。でも彼らにはそれを表現できる方法がないの」

「あるいは発信することができない。僕らはそこを手伝いたいんだ、サッシー。君の声を、人々に届けたい」

「でもレコーディングスタジオに来てもらう必要があるわ。あなたのペースでやってもらう。どんな感じになるか、見させてもらうわ」

ぐるぐるめまいがする。まるで、洗濯機に入れられて、高速回転をかけられているようだ。

「つまりレコーディングスタジオに来てほしいということですか?」私はかすれた声で言った。

「そう」ベンは、容器の半分近い量の砂糖をコーヒーに入れながらそう言った。「たまたまスタジオの空き時間を確保できたんだ、これは結構珍《めずら》しいことなんだよ。だからもし君の都合がよくて、君のお母さんが問題ないと言ってくれれば」彼はお母さんに向かって、パーフェクトな白い歯スマイルを見せた。「今週の金曜日、学校終わりにそのまま来てもらえるかな。一とおり演奏してもらって、君の実力を見てから、十時までに安全に家に送るよ」

「もちろん」心臓が光よりも早いスピードで脈打っている。「ええ、大丈夫です。つまり、一切問題ありません!」

お母さんは深呼吸をした。「どうかしら、サッシー。あなたはまだ十三歳で……」

「一緒に来ていただいてもいいんですよ、ワイルドさん」ベンは微笑《ほほえ》んだ。

私が訴えかけるような眼差《まなざ》しでお母さんを見つめると、お母さんの顔は少し穏《おだ》やかになり、もう少しでイエスと言ってくれそうだったけれどそのときピップが泣き叫《さけ》んだ。「でもダメだよ、お母さん。金曜日の放課後は私の劇の発表でしょう！」

お母さんはおでこをピシャンと叩いた。「もちろんそうね、ピップ」

「『眠り姫』で主役をやるの」ピップはベンとジンに説明し、控えめな素ぶりでまつげをパタパタさせた。「立派な女優なんだから」

「ああ、どうするのがベストなのか、わからないわ」お母さんはそう言いながら指で髪《かみ》をとかしたけれど毛先がからまっていらいらとしているようだった。「たぶんお父さんとディグビーが劇を観に行けるわよ、ピップ。私はサッシーのところへ行くわ」

ピップの顔はしわくちゃになった。「でもママに来てほしいんだもん」ピップは傷ついた小さな声で言った。（ピップが自分のことを立派な女優だと言っていたのは、冗談でもなんでもない。このパフォーマンスはオスカー賞並み。）

「お母さんがいなくても私は平気」私は思わずそう言った。「ホントに。一人で行っても、何も問題ないから。子どもじゃないんだよ」

「私たちにお任せください、ワイルドさん」ジンは微笑《ほほえ》んだ。

「お母さん、おねがいぃぃぃー」私は必死に頼みこんだ。「私がしっかりしてること、知ってるでしょう」

お母さんは私とピップを見てから、ギブアップしたようだ。

「いいわ、サッシー。でもお父さんに相談する必要があるわね。きっと会社のことを調べたり色々と確認がしたいはずだもの。それと、お父さんは今日帰りが遅いわ」

「どうぞ、名刺《めいし》をお渡しします」ジンはそう言って立ち上がり、ジャケットを整えた。彼女はお母さんに紫の派手なデザインと銀の文字が刻まれた、黒い小さな名刺《めいし》を手渡した。

「ワイルドさん、旦那さまと話し合われたらお電話を」ベンは立ち上がり車の鍵を取り出した。「それでもしサッシーのお父さんが同意してくれたら、我々は金曜の放課後に車でサッシーを迎えに行きます」

ドアまで来ると、ベンは鋭《するど》い青い目を私に向けた。「君の音楽はとてもいいよ、サッシー。僕らは本当に歌唱力のある十代の女の子を以前から探していたんだ、ほら、女性版フェニックス・マクロードというような子を。もしかしたら、君がそうなるかもしれないね!」

女性版フェニックス・マクロード！　ワオ！　フェニックス・マクロードは今最もすごいシンガーソングライターの一人だ。彼は去年ブリット賞まで受賞しているのに、私とたいして歳が変わらない。

ドアの前に立って、轟音《ごうおん》を発しながら動き始めた大きなハマーに向かって手を振ると、ハマーは道へと消えていった。

そして、台所に入ったときから狂ったようにぐるぐると回り続けていた私の世界は、ようやく落ち着きを取り戻《もど》した。

7章

そしてツイッグを思い出した!

私は一段飛ばしで階段を駆《か》け上がった。早くこのニュースを伝えないと!

でも、部屋には誰もいなかった。窓が開いて、カーテンは風に揺《ゆ》れていた。私は身を乗り出して庭に向かって叫《さけ》んでみた。

返事はない。

私は下の階に走って戻《もど》り、玄関でゆっくりヨボヨボ回りながら歩いていたブルースターを跳《と》び越《こ》えると、ドアの外へとダッシュした。ツイッグの自転車がもうない。

一目散にガレージへ向かい、自分の自転車に飛びのり大急ぎで猛烈《もうれつ》にペダルを漕《こ》いだ。かわいそうなツイッグ! ツイッグは、私がすっかり彼のことを忘れてしまったと思ったに違いない。(実際忘れていたけれど。おっと!) でも理由を聞けば、私と同じくらい喜んでくれるはず。

五分後、私はツイッグの家の芝生《しばふ》の上に自転車を置き、玄関へと急いだ。あまりに興奮《こうふん》していて、玄関のベルを押しっぱなしにして離《はな》すのを忘れてしまっていた。

ついにドアが開いた。「わかった！　わかった！　何か緊急事態？」

でもツイッグではなかった。メーガンだ。

「サッシー！」メーガンの顔は、困惑していた。「それで、動画はもう終わったの？」

「話せば長いの」私は息を切らしながら言った。「ツイッグと話したいんだ。いる？」

「でもサッシーん家にいたはずじゃない」メーガンは眉《まゆ》をひそめた。そして私が、家にいたけれどいなくなってしまっていたのだと説明をしようとしたとき、メーガンの後ろから、ニヤリと笑う顔が現れた。

「サッシー！　どうした？」

私は目をパチクリさせた。今度は私が困惑する番みたい。「タスリマと一緒にショッピングモールに行くんじゃなかったの？」私はコーデリアに尋《たず》ねた。

「計画変更」コーデリアは笑った。「サッシーが帰ったあと、バスが**全然**来なくて、しかもマグナスとビーノにまじでイラついてたの、ほら、目立とうとしてバカみたくはしゃいで、すっかり幼児みたいだったのね、そんでメーガンが、もう着てない服ならいくらでも持ってるし、タスリマに合うかもって言ってくれて――」

「――それにどっちみチャリティショップに全部寄付しちゃうつもりだったの」メーガンが付け加えた。「だからまずは、親友たちに、選んでもらったほうがいいって思ったの」

メーガンがタスリマとコーデリアのことを親友と呼んだとき、私のなかの何かが音を立てた。まるで、ギターの弦が切れてしまったときのように。

「おいでよ!」コーデリアは私の手を取って、なかへと引っ張った。「みんなでメーガンの部屋に居座ってたんだ」

「そうだよ、サッシー!」メーガンは突然親しげに言った――でもこれって表面上だけの親しさなのかな? だってメーガンが私に会えて本当にうれしいのか、よくわからない。「サッシーも色々見ていきなよ。何かしら気に入るかも!」

タスリマはベビーピンクでキラキラのトップスとタイトな白いジーンズに身を包み、階段からやってきた。「どうかな?」タスリマは両手を頭の上にあげ、クルクルと周りながら言った。

「すんごぉぉぉく、いい感じ!」コーデリアは笑った。「おしゃれだよ!」

「サッシーもおいでよ、他にも選んだの、一緒に見よう!」タスリマがうれしそうに言うから、私はいつの間にか階段を上がっていた。メーガンの部屋に来ると、部屋は完全に服のじゅうたんで埋《う》め尽くされていてた。コーデリアは突然止まり、私のおでこに手をかざした。

「私たちに言ってないことがあるでしょ、サッシー」彼女は緑の目を細めた。「ほら教えて！何があったの？」

本当はツイッグに一番に話したかったけれど、せっかくのニュースをいつまでも黙《だま》っておくことなんて、できる？　だから、家に帰ったあと、お父さんの仕事関係の人だと思っていたら、ワイジェン・ミュージックのスカウトマンだったことをみんなに話した。

「ワイジェン・ミュージック！」コーデリアは叫《さけ》んだ。「わあ！　一番いい会社じゃない！　フェニックス・マクロードを見つけた会社でしょ？」

「そう！　新聞の記事を見て、その後ネットの動画を見て、今度の金曜の午後に、エディンバラのレコーディングスタジオに来てほしいって！」

「それって最高じゃない！」タスリマは両腕《りょううで》を広げ、ぎゅっと抱きしめてくれた。「とってもうれしいわね！」

「お祝いしなくちゃ！」メーガンはベッドの上で二回跳《は》ねると、床に飛び降りた。「おっきなサンデーでも食べようか！」

そして、私たちがサンデーを食べているとき、ツイッグがやってきた。

キッチンでガツガツとチョコレートアイスクリームをまき散らし、でろんとした白いクリームの泡を鼻にひっつけていたとき。

ツイッグは、まるで魔女の集会でも覗《のぞ》いてしまったかのように、顔をぎくりとさせた。そして私がサンデーを飲みこんで話し出す前に、メーガンは私のレコーディング会社のニュースのことを口走ったのだった。

ツイッグは黙って聞いていた。

私は彼が「わあ、最高だね、サッシー」なんて言って、ハイタッチをして、ひょっとしたらハグまでしてくれるかもしれないと期待していたのだけれど、彼はただメーガンを見つめるだけだった。まるでメーガンが魚の値段のような、とてもつまらないことを話しいてるかのように。そして彼は私たちに背を向けて、冷蔵庫を開け、牛乳をグラスに注いだ。突如《とつじょ》、部屋は沈黙《ちんもく》に包まれ、空気はタンバリンの皮のようにはりつめた。

「あの、ツイッグ、さっきはごめんね」私は静かに言った。

「僕のほうもね」ツイッグは呟《つぶや》いた。

コーデリア、タスリマ、メーガンは凍《こお》りつくように座り、スプーンをぶらりと持ったままだ。

「ツイッグのことを探したくて急いでここに来たの。ごめんなさい。ただ本当にワクワクしてて——」

「――僕の存在を忘れるくらい？」ツイッグが口を挟《はさ》んだ。

「違う！」私は息を飲んだ。「そんな言い方ひどいよ！」

ツイッグは残った牛乳を飲みほし、グラスをシンクに置いて、大きな音を立てながら、水で洗った。コーデリア、タスリマ、メーガンは、静かに部屋を抜け出した。

「ねえ、ツイッグ、私本当に動画を作ってもらえることを楽しみにしてた――今もそう。とてもいいアイデアだもの。レコード会社の人たちといたのがあんなに長い間だって気づかなかったの。ツイッグも台所に降りてきて探してくれればよかったのに。ただ純粋に忘れててた――」

「それが問題なんだよ、サッシー」ツイッグはため息をついた。「あんなけばけばしい人たちが醜《みにく》い乗り物でやってきたことを、君は一瞬で何もかも忘れて――そして周りの人のことも――忘れてしまった」

「それは違うよ！」私は息をのんだ。

「どうして違うのさ？」ツイッグは振り返って私を見た。「まさに起こったことじゃないか。一分前まで、君はああいう大きい車に乗るような、自分のことしか考えられない人たちは嫌いだと言っていただろう。なのに、レコード会社の人たちだという理由だけで、君はそのあとすぐにあの人たちのことを素晴らしい人たちだと思いこんだ！」

私はツイッグをじっと見つめた。そんなこと言うなんて、信じられない。

「君がそんな人だとは思わなかった」彼は続けた。声があまりに静かで、やっと聞こえるほど。「君には思いやりがあると思ってた。でも違うみたい。全然」彼はしばらく黙《だま》りこんだ。

「自分のことしか考えてないんだ」

「いっつも、自分ばっかり正しいって思ってるんじゃない？」私は爆発した。「確かに私はツイッグが待ってくれていたことを忘れてた。だってすごくうれしかったから。このときが来るのを、何年も夢見てたんだよ。歌をうたう人にとって、レコード会社の人が会いに来るってことがどういうことか、わかる？　しかも、すぐに契約《けいやく》できるようなものではないの。ただスタジオに行って演奏する約束をしただけ。どんなことを言われるかまだわからない……」

声がかすれていった。ツイッグは、下を向いている。明らかに不満そうだ。私の怒りはすっかり吹き飛んでしまった。

「ツイッグ、私は絶対にこの気持ちが変わることはないよ。やりたいことと、やってはいけないことをわかってる。自分の信念は、決して裏切らない。それに友達を忘れることなんて、**ない**」

ツイッグはずっと私のことを厳しく見つめていた。まるで私の魂を見ているかのように。

「あっそう」彼は静かにそう言って、庭へと去っていった。

8章

ここ数日、最悪だった。

ツイッグからは音沙汰《おとさた》がない。三時半に、学校の壁《かべ》で待ってくれていることもなくなった。もちろん、私は気にしていないフリをしたけれど、本当は気にしている。メーガンは、もしよかったら、手紙を渡す役になろうかと提案してきたけれど、私は断った。メーガンには仲介役のように振る舞ってほしくない。それに、手紙を盗み見するかもしれないよね？　それか、他人に見せるかもしれない。彼女のことが信用できない。それに、メーガンからツイッグの返事を聞くなんて、情けなくてできない。だから、一切気にしていないように装った。きっと今後は二度と、気の合う男の子に出会えないかも。きっと私はキャリアウーマンになるのだ。それは私にとって、すっかりきっぱり、まるっきり問題ないこと。

今週は毎晩、お父さんにワイジェンのことについて確認できたか聞いているけれど、お父さんは「おっと、ごめんよサッシー、やることが多くて、完全に忘れていた」と言うのだった。

昨日の夜、娘からのお願いを差し置いて政治家としてのキャリアを優先させるのは父親として不適切である、という理由で親子絶縁《ぜつえん》を訴えるつもりだ、とお父さんを脅《おど》し、ついに、進展があったのだ。今日ようやく、お父さんはディグビーにワイジェンのことを調べさせた。そしてイェイへイ！　おまけにフゥー！　フゥー！　フゥー！　ワイジェンは完全に合法でちゃんとした会社だと確認されたの！（そんなこと私はすでに知っていたけれどね、だってそうでなきゃ、フェニックス・マクロードが所属すると思う？）

それでお母さんは午後に、ワイジェンのベンに電話をかけ、予定が決まった。明日の放課後、車で迎えに来てもらえる！

私の心はすっかりまるっきり、月まで飛んでいってしまった。さらに土星まで。そして火星と金星まで。そして冥王星《めいおうせい》と天王星《てんのうせい》。そしてもっとその上の惑星《わくせい》まで。ひょっとしたら、天の川のさらに向こうまで行っちゃったかもしれない。ブラックホールに落っこちて、夢がかなう異世界に引きずりこまれたんだと言われても、全然不思議じゃない。

もちろん、緊張している自分もいる。だって、何が起こるかわからないもの。もし突然声が出なくなったら？　もしいきなりギターの弦が切れちゃったら？　もし朝起きたら音痴《おんち》になってて、シンディ＝スーのカラオケみたいな声、それかミッジ・マーフィの死にかけの猫の声マネみたいな声になったら？

「テスト撮影《さつえい》のときのために、メイクアップが必要だね」ピップが小さな黒いネグリジェ姿でダンスをしながら部屋に入ってきて、ピンクのポーチを私のリュックに詰《つ》めた。「サッシーのために、お母さんのお化粧もこっそりくすねといたよ」

「サンキュー、ピップ」私は上の空でそう言いながら、ギターを使い古した大きなケースに入れた。ピップがフディーニにエサをやりにスタスタと行ってしまうなか、私はビーズソファにどさりと座り、歌詞を書いたノートをめくった。彼らが何曲くらい聞きたがっているのかわからないけれど、お気に入りの五曲を選んだ。なんとかして、搾取《さくしゅ》工場で強制労働させられる子どもたちの曲を書き終えたので、それを演奏するつもりだ、だって自分が強く心を動かされる問題だから。

私は頭のなかで歌詞を読み上げた。

日々工場であくせくとあの子は働かされている
九歳なのに遊ばない
朝から晩まで縫《ぬ》い続け
僕らに安い服を作る
僕らはなぜ買う?

なぜ気にしない？
あの工場で働く気持ち
どうして僕らはわからない？
目をそむけてる
知りたくないと
もしあの子たち
君の妹、弟だったら？

シロクマや、ペンギンや森
気にするのなら
おんなじように気にしようよ
あんな工場で働く子たちを
児童労働、こんなこと間違ってる
僕らはのんきに暮らすだけ
あの子たちはこき使われる
児童労働、こんなこと間違ってる

僕らはのんきに暮らすだけ
あの子たちは遊ばない……

私がピップの部屋へ行くとき、ピップはすでにピンクのサテンの布団にくるまって私に『プリンセス・ポプシクルとわんぱくピーナッツ』を読んでもらうのを待っていた。ピップはこの本を読んであげるにしてはもうかなり大きいし、自分一人で完ぺきに読むこともできるのだけれど、それでもときどき彼女が寝る前にお話をせがんでくれるのはうれしい。なんだかほっと落ち着けるんだ。

読み終わると、ピップは私をギュッと抱きしめた。「サッシーが有名になったら」ピップは私に擦《す》り寄りながらささやいた。「それでもまだ、寝る前にお話を読んでくれる?」

「もちろんだよ」私はピップを布団でくるんで、頭にキスをした。「ピップは私の妹だもんね? 『プリンセス・ポプシクルとわんぱくピーナッツ』、いつでも読んであげるよ」

「もし私が、十九歳くらい、すごい大きくなっても?」ピップは眠たげに尋《たず》ねた。

「すごい大きくなってもだよ」私ははっきりと答えた。「十九歳くらいでも」

ピップはクスクス笑って掛け布団にもぐりこみ、頭のてっぺんだけ見えるようになった。

私はしのび足で部屋を出た。

自分の部屋に戻《もど》る頃に、コーデリアから新しいメッセージが来ていた。

明日の呪文《じゅもん》完了。予感ヨシ。Cより

私はニコニコしながら返事をした。それからあくびをして、ベッドに上ると布団を耳までかぶった。私はとてもラッキーだ。チャンスをもらえたこと。コーデリアとタスリマのような友達がいること。ラッキー、ラッキー、ラッキー……。

なのに、どうして眠れないの？

三十分経っても、まだ起きていた。枕《まくら》を叩いたり、掛け布団をキックしたりしてみた。いつもと逆さまの方向で寝ようとしてみた。床の上で、枕《まくら》を頭の上にのせ、布団を耳までかけ、脚を壁《かべ》に上げながら寝てみた。

でも効果がない。

こんなのあんまりだ。だって、本当ならグラストンベリー・フェスティバルで歌をうたっている素敵な夢を見ながら寝ているべきなんだもの。それか、自分の初めてのプラチナディスクを獲得する夢。

下の階では、おじいさんの古時計が真夜中の鐘《かね》を鳴らした。必死に起き上がった。残された道はただ一つ。冷蔵庫アタック。

私は布団から這《は》い出た。親の部屋から、お父さんのいびきが聞こえた。おそらくお父さんのいびきのはず。お母さんがあんなふうにいびきかいてたら嫌だなあ。*7 ピップの部屋からは、フディーニが狂ったように回し車を回す音しか聞こえない。

私は明かりを点けないままそろりそろりと下の階へ向かった。玄関で自分専用のかごのなかで眠るブルースターは暗闇《くらやみ》のなかで薄気味《うすきみ》悪く白く、まるで幽霊犬のよう。夢のなかでウサギでも追いかけているのだろう——それか犬の女の子かな——ブルースターの足が猛烈《もうれつ》な勢いでぴくぴくと動いている。

私はしのび足で彼の前を横切り台所へ入った。冷蔵庫を開けると、黄色っぽい光があふれだした。慎重《しんちょう》に、私は大きなグラスに牛乳を注ぎ、それからフルーツボウルからバナナを取った。牛乳とバナナは、タスリマ曰く、寝つきをよくするためにいい食べ合わせなのだ。

数分後、私はバナナをたいらげ、牛乳を流しこんだ。でもまだちっとも眠くない。悲しくなってきた。全くもって意味がわからない。私は十三歳だ。インターネットに動画があがった。最高のレコード会社で演奏を見せるチャンスをもらった。やるべきことは、ギターを弾きながら歌う、自分が心からやりたいことなのに……。

そのときブルースターがクンクンと鳴きながら台所のドアを開けた。お母さんが明かりを

*7 言うなれば、風邪をひいた象と便秘になったワニをかけあわせみたいな声。

点けたせいでいきなり明るくなって、私はまばたきをした。

「どうしたの、サッシー?」彼女はバスローブのひもをしっかりと引っ張りながら言った。

「別に」私は嘘《うそ》をついた。「ちょっとワクワクしちゃって、それだけ。ちょうど今寝ようとしてたところ」

本当に悩んでいることは、言わなかった。というか、この一週間ずっと、考えないフリをしていた。ツイッグを怒らせたこと、ホントにホントにそんなつもりじゃなかったのに、しかもどうやって弁解すればいいかわからない、そもそも彼が私の弁解を聞きたがっているかわからないし。

お母さんは私をぎゅっと抱きしめてくれた。「ねえ、明日のレコーディング、行かなくてもいいんだからね」お母さんは私の頭にささやいた。「朝に、私から電話しておくから。また今度がいいって。あなたはまだ若いわ、サッシー。時間ならまだたくさんあるもの」

私はお母さんに擦《す》り寄り、暖かく、眠気を誘《さそ》うシャンプーの甘い香りのなかで息を吸った。一瞬、六歳に戻《もど》ったような気がした。

「大丈夫だよ、お母さん。私、やりたいんだもの」

「本心?」お母さんは私の髪《かみ》をなでた。

私は体を離《はな》し、自信満々の笑顔を見せた。「自分の歌をうたいたいの。他のどんなことよりも大切なことなの。何があろうと絶対に」

そしてそれは真実なのだ、と私はベッドに戻《もど》ろうと階段を上りながら考えていた。明日、自分の力を出し切ることは、誰にも止められない。そのうえ、もしツイッグの記憶を消すことになっても構わない。私は最後と思って彼のことを思い浮かべてみた、目にかかった前髪《まえがみ》、おかしな笑顔、優しい声。そして私は頭のなかで、**削除**ボタンを押した。これでよし。彼はもう存在しないのだ。もう私は取り乱したりなんかしない。もう彼のことを考えることもない。

私はベッドにピタリと背中をつけるように横になり、暗闇《くらやみ》を見つめた。明日は全力を尽くさなければ。最高よりも、もっとよく。レコーディングスタジオで、みんなをアッと言わせるんだ。そのためには男子なんかに――いかなる男子にも――邪魔《じゃま》されるわけにはいかない、でしょ?

9章

さあ、ようやく！　ついに金曜日。フゥー！　フゥー！
ホームルームの間、ピボディ先生が明らかに顔が青ざめているかと思うと、口を手で覆《おお》いながら急に教室を飛び出し、金魚鉢に閉じこめられたメバルのようにゲブゲブと音を立てた。噂《うわさ》によると、最近ヘンプヘッド先生がピボディ先生のところに引《ひ》っ越《こ》してきたらしく、今や正式な主夫なのだ！　つまり、彼の料理が悪さをしたに違いない。
その後、数学の時間は三角形の特徴について定義を書かなければならなかった。私が書いたのはこうだ――

三角形について知っていること　サッシー・ワイルド
三角形には三つの辺と、三つの角がある。これはそれぞれ、コーデリア、タスリマ、サッシーと呼ばれる。三角形は橋やビルの建設にいつも利用されている。その理由は、三角形が丈夫な形だからだ。簡単には壊《こわ》れない。これは、友情を形作るための、完ぺきな形状なのだ。

三時になり、コーデリアとタスリマはワイジェンの迎えの車が来るはずの正門まで、一緒に歩こうと提案してきた。私はリュックを手に取り、ギターを肩にしょった。

「演奏する前はイメージトレーニングを忘れないでね」学校の入り口に向かう途中、タスリマは言った。「成功を想像すれば、成功するのよ」タスリマは、心理学者を目指すと同時に、自己啓発書《けいはつしょ》も書きたいと思っているのだ。

「そうだね」コーデリアは緑の目を細めて私を見た。「絶対できる、サッシー。レコーディング契約《けいやく》をもって帰ってこなかったら、もう一生口きいてやらないんだから」

「プレッシャーかけないで、ね?」私は弱々しく笑った。

「もちろん」コーデリアはいたずらっぽい笑顔を見せた。「サッシーらしくやればいい。みんな度肝《どぎも》を抜かれるから」

「それと、私たちがあとで元気になるエネルギーを送っといてあげるから」とタスリマが励《はげ》ましてくれた。問題は、毎週恒例の金曜夜のお泊まり会が、タスリマの家で開かれるということだ。ベンは早く終わっても九時まではかかるだろうと予想しているから、こっちに着く頃には十時を過ぎている。そしてタスリマのお母さんはとても厳しいから、そんな遅い時間に家を訪ねることは不可能なのだ。でも充分幸せ。すべてを得ようなんて、できないでしょ?それに三人でお泊まり会をするチャンスなら何億回だってあるもの。

三人で校舎の正面へ歩いていくとき、私は**とある男の子**がかつて私を待つときに座っていた壁《かべ》をチラリと見た。(そうだね、脳内の**削除**ボタンはうまくいかなかったけれど、ナイストライだったでしょ。)

異常だよね、わかっているけれど、でも本当に、本当に今日そこにいてほしかった。くだらない誤解《ごかい》で縁《えん》を切るのがバカバカしいことだと彼が気づいて、ここにやってきて、応援してくれたら。

私は、壁《かべ》のほうを見ていないフリをした。でもコーデリアはタスリマを見て、タスリマは私を見て、そして一人は超能力者、もう一人は心理学者ということを考えると、おそらく二人には、今私が考えていることがわかるだろう。

私たちが駐車場で待っているときに、メーガンが現れた。彼女が私の腕《うで》を組んだとき、押しのけないように気をつけた。メーガンは、タスリマの考察によると、両親が離婚《りこん》してツイッグとツイッグのお父さんと暮らすようになってから、孤独で混乱しているのだ。タスリマは、メーガンが元気になるまで、私たちは仲よく遊ぶべきだと言う。タスリマの言いたいことはわかるけれど、それでも正直言うと、私はコーデリアとタスリマと私だけだったときのほうが好き。そう、完ぺきな、友情の三角形だ。

そのとき、何かが頭のあたりをひゅっと通り過ぎて、コーデリアの足元に着地した。ミッジ・マーフィにあとをつけられていたのだ。

「これは失礼、お嬢《じょう》さんたち」ミッジは自分の靴を探しながらにかっと笑った。ミッジの仲間たちは少し離《はな》れたところに立っていて、笑いながらヤジを飛ばしている。

「他人の注意を引こうとすること」タスリマはため息をついた。「未成熟な男がやることよ」

マグナスが私の隣《となり》にやってきた。「それで、サッシーはいつ戻《もど》ってくるんだ?」

私が答える間もなく、でっかくて、窓まで黒いハマーが、学校の駐車場をぐるりと回り、キャシディ先生のコンパクトカーの後ろに停車した。

「嘘《うそ》でしょ!」私はうめいた。「**普通の車**で迎えに来るって言ってたのに!」

「これが迎えの車?」マグナスは目を大きく見開いて聞いた。

「違うといいんだけど」運転席のドアが開き、ベンが飛び降りてきて、まるで何時間も運転していたかのように、ストレッチをしている。

「やあ、サッシー!」彼は元気いっぱいに手を振ってきた。「今日は気持ちのいい日だね」

私が返事をする間もなく、マグナスは私のギターとリュックをつかみ、ハマーに駆《か》け寄った。

「**普通の車**で迎えに来てくれるって言ってたのに」私はマグナスを追い越《こ》し、きつい口調でベンに言った。

「さっき、グラスゴーに急に用事が入ってしまってね」彼はそう説明した。「ここはどうせ通り道だったし……だからオフィスに電話して、送迎の車をキャンセルして、個人的に迎えに来ることにしたんだ」

「これって最新モデルですよね？」マグナスは顔を輝《かがや》かせながら割りこんだ。**なんとも**悲しい。彼はこの大きくてタイヤつきのテカテカの物体に感動しているのだ。メーガンは目玉をぐるりと回した。タスリマはノートを取り出し、何かを書きつけた。タスリマはマグナスの分析をしているのだ。マグナスは、ベンの大きくてテカテカなマシーンが他のどんなものよりも最高だと思っているに違いない。

「そうさ」ベンは馬を扱うかのように、ボンネットをバシンと叩いた。「市場に出ているもので最高のやつさ。六段階の自動変速装置。オーバードライブギア二つ。六・二リッターのエンジン。この小さなベイビーと一緒にどこだって行けるのさ」

「小さなベイビー！」私は息をのんだ。「そんな……そんな……**物体**は……ちっとも小さなベイビーなんかじゃない。大きくて醜《みにく》くて周りを汚しガソリンばっかり食う——」私は途中で止まった。あの人たち、私の話を聞いてすらいない!　ベンはドアを開けた。マグナスは私のギターとリュックを車にのせると、頭を突っこんだまま、ダッシュボードを眺めていた。

そのときちょうどキャシディ先生が、カバンをしょいこんで、大きな箱を持った二人の高学年男子と一緒にやってきた。

「どうして毎週こんなに荷物が増えちゃうのかしら」そううめきながら、トランクを開け、コンパクトカーの座席をたたんだ。「オーケー、二人とも、荷物を押しこんでくれる?」

先生は深呼吸をし、スカートを整えて私のほうを見てから、タイヤつきの黒い大きなピカピカの物体を見て、そしてベンを見た、彼はまだマグナスに自分の「小さなベイビー」を見せびらかしている。

「あなたは?」キャシディ先生は顔をしかめた。

「ベンです」ベンはにこりと笑った。「ワイジェン・ミュージックの」彼はシャツのポケットから名刺《めいし》を取り出し、キャシディ先生に手渡した。「サッシーさんを迎えに来ました」

「でも私は**これ**に乗るのが嫌なの!」私はため息をついた。「私がこういうバカでかい乗り物について感じていること、わかるでしょう。私のエコの信条に反しています」

まるで車のショールームのようにタイヤつきのデカデカピカピカの黒い物体の周りを歩い

ていたマグナスが、ふらりと戻《もど》ってきた。

「サッシーの荷物、元に戻《もど》そうか？」彼は真剣《しんけん》に聞いた。

「いらない！」私はうめき声をあげた。「マグナスはやらなくていい！」痛々しい！　車のトランクに触るきっかけがほしかっただけなのがバレバレ。

「ほら、サッシー」ベンの声はとげとげしかった。「レコーディングスタジオに行くのか、行かないのか？　僕は本当に時間がないんだ――」

「すみません！」キャシディ先生が話をさえぎった。「サッシーの言うことも一理あると思います。つまり、そんなに大きなものに乗ってこなくたって……荒地《あれち》に用事がない限りは……」彼女はベンのことを注意深くゆっくりと見た。きらめくサングラス、ルーズなシルクのシャツ、高級デザイナージーンズ。「あなた、農家ではないでしょう？」

いまや、ちょっとした人だかりができていた。コーデリア、メーガン、タスリマは私を見送るために待ってくれている。まるで磁石に集まる砂鉄のように、ミッジ、ビーノ、そしてカリム・マリクはタイヤつきの黒い大きなピカピカの物体にずっと夢中だ。キャシディ先生のコンパクトカーへ荷物を運ぶのを手伝っていた先輩二人も、興味津々《しんしん》だ。

「いいえ、農家ではありません」ベンは冷たく言った。「でも私は忙しいし、もう行かなくてはならない、だから――」

「私がサッシーを乗せていけるわ」キャシディ先生は明るく言った。「どこまで行くの？」

「エディンバラへ」ベンは言った。

キャシディ先生は眉《まゆ》を寄せた。「そう、私の帰り道からは結構離《はな》れるわね、でも連れていけるわ――」

「プフッ！」マグナスが割りこんだ。「そんなの意味ありますか？　だって、ベンはどのみちサッシーと同じ場所に行くんです。もし先生が行ったら、実際の帰り道ではないわけですから、サッシーがベンの車に乗る場合よりもより多くの炭素を排出することになってしまう……違いますか？」

マグナスは、環境に優しい発言に対してごほうびがもらえることを期待しているかのように私のほうを見た。タスリマは考えこみながらうなずき、すばやくノートにメモをした。

「それにキャシディ先生、どちらにしろ」高学年の男子は、異常に大きなケースに入った私のギターに目をやって言った。「先生のコンパクトカーには、**あれ**とサッシーを乗せられないと思います」

キャシディ先生は車の後ろにうず高く積まれたガラクタを見た。

「マグナスの言うことも正しいわね、サッシー」先生は言った。「ベンがすでにここに来ているし、**今回は**ベンと一緒に行くのが合理的かもしれないわ。サッシーが普段ハマーに乗らないことは、みんな知ってる。ときには妥協しないといけないわ」

ということで私はやってみた。妥協を。タスリマ、コーデリア、メーガンは最後の応援のハグをくれて、そして私は沈《しず》んだ気持ちでベンの隣《となり》の席に乗りこんだ。ドアを引っ張って閉めようとしたまさにそのとき、マグナスはひょっこりと顔を出してきた。

「あの」マグナスはベンに言った「その車で僕の家まで連れていってもらいたいです。乗せてくれないなんてこと、ないですよね？」

「もちろんいいよ」ベンはうなずいた。「僕の車に乗りたがってくれる人がいるなんて、うれしいね。サッシーの隣に来れるかい！」

マグナスが助手席のほうへ上ってきたせいで、私は真ん中にずれることになった。マグナスはにっこり笑いながら、真ん中の席のシートベルトをしめるのを手伝ってくれた。「俺、こういう環境問題のこともわかってきた」彼はにこりと笑った。「排気ガスを排出する行動は、共同ですればいいんだ。地球を守ろう」

私は汚いものを見るような視線でにらんだけれど、彼はすでにパワーウィンドウの操作に夢中だった。黒い窓ガラスが下がってゆく。ベンがエンジンをふかし、私たちは出発した。タスリマ、コーデリア、メーガン、キャシディ先生は、手を振ってくれた。

駐車場をぐるりと移動するとき、自分はもう少し甘いほうがいいのかもしれない、なんて考えていた。私は環境への意識のことに深刻になりすぎだから、もう少し大目に見る必要があるのかもしれない。

ちょうどそのときだった。**とある男の子**が壁《かべ》の上に座って、大きくて醜《みにく》く強欲な、デカデカピカピカの物体に私とマグナスが乗っているのを眺める姿が、見えたような気がした。

10章

ツイッグはどうしてよりによって、私がしぶしぶベンのハマーに乗ったときにあそこにいたの？　これじゃあまるで私が完全に心を売って、喜んでハマーに乗りこんだみたいじゃない。やっぱり自分が正しかった、サッシーは名誉《めいよ》を得るチャンスのためなら、自分の信念なんてあっさり捨ててしまう人なんだって、思われてしまう。

ベンとマグナスは、私が彼らに挟《はさ》まれてぎゅうぎゅうになりむすっとすねているなかで、べらべらとおしゃべりをしていた。マグナスはどうやら、音楽業界に興味をもち始めたようだ。「大きくなったらマネージャーになるのも悪くはないなあ」と彼はベンに言い、私は鼻をならして笑うのをこらえた。マグナスが全然音楽に興味がないことを、私は知っている。毎週水泳のためにやっている重量上げのトレーニングのときですら、音楽を聴かない。

街の端、マグナスの家の通りまで来て車が止まった。ベンはシャツのポケットから名刺《めいし》を取り出した。「もし音楽業界に心を決めたらな、マグナス、電話をしてくれ」ベンは言った。

「ちゃんとしている人なら、いつでも大歓迎だ」

マグナスはハマーから降りるとこちらに振り返り、親指を立てて「頑張れ、サッシー」と言った。「みんな圧倒されるさ。きっとできる」

「いいやつだね」ベンはそう言い、マグナスが歩道を歩くなか、私たちは出発した。

「さあね」私は呟《つぶや》いた。

「大丈夫かい?」ベンは私をチラリと見た。「緊張してない?」

私は深く息を吸った。大丈夫ではない。大丈夫になるためには、ツイッグが私と話してくれないと、ツイッグが親指を立てて、応援してくれないとだめなんだ。でも現実はそうではなかった。

「緊張? まさか! ただちょっと眠いだけですよ」私は無理やりあくびをしてみせ、ダメ押しに伸びもしてみた。

「リラックスしといてね」ベンはラジオをつけた。「これから忙しくなるだろうしね」

レコーディングスタジオの外観は、大きく古めかしいヴィクトリア朝風のお屋敷《やしき》のようで、道路から離《はな》れた、エディンバラ郊外の葉っぱに囲まれた敷地《しきち》に建っていた。

到着するなり、ジンはまるで私がすでにスターかのように大はしゃぎで迎えてくれ、気分がマシになった。廊下には額縁《がくぶち》に入った写真が飾《かざ》られていて、フェニックス・マクロードを含む、ワイジェンの輝《かがや》かしい歴史を示していた。

「フェニックスはワイジェン・レーベルと契約《けいやく》した最近の人ね」ジンはそう説明してから、大きなライトのついた鏡と、トイレとシャワールームのついた楽屋を見せてくれた。「私たちは、限られた人しか選ばない。ベストな人間しか、興味がないのよ！」

ジンがそう言ったとき、心臓の鼓動《こどう》が早くなった。なぜなら、まさに私がなりたいものだから。ベスト。そしてそれを証明するために、今日歌うんだ。

ジンは真っ白すぎる笑顔を私に見せ、どこかに消えていった。「ちょっとさっぱりして、準備ができてから、キッチンのほうへ来てね」そして彼女は行ってしまったのだ。私は周りを見回した。ひょっとしたら、フェニックス・マクロードが使ったことのある楽屋かもしれない？　あまりにワクワクして、身震《みぶる》いがした。

素早く、私は学校のポロシャツとスカートを脱ぎ、ベストとジーンズを着た。バカげた制服を脱いだとたん、さっきよりも自信が湧《わ》いてきて、より自分らしく、より大人になったような気持ちになった。鏡を見ながら髪《かみ》を整えすこーしだけメイクを――グロスとマスカラを少しだけ――そのとき、友情のブレスレットが目に入った。しばらくそれを、そっとつまんでみた。きっと、外したほうがいい。だって、もしツイッグがもう友達じゃないのなら、彼からもらったブレスレットなんて、つけるべきじゃない、そうよね？　大きな悲しみが押し寄せてくるなか、結び目を引っ張った。でも無駄だった。ツイッグが結んでくれたときから、ずっと——お風呂やシャワーに入るときでも——付け続けていたから、細かい糸が一塊《かたまり》にくっついてしまっている。結び目は、とてもほどけそうにない。

「準備はできた？」ジンはドアの奥からひょっこりと笑顔を覗《のぞ》かせた。ジンのことはすごく好き。彼女はとにかく陽気なのだ。もしシャカシャカと振ったら、シャンパンボトルのようにシュワシュワとはじけるように笑うだろう。

キッチンに来ると、アンディというレコーディングエンジニアに会った。彼はがたいがよく、無造作のロングヘアとタトゥーでちょっと怖い見た目だ。まさに、ヘビーメタルバンドの裏方って感じ。怖っ！　でも彼は話すと穏《おだ》やかな声だった。

ジンは、私のために買った子ども向けのお菓子《かし》とキャラクターパッケージの六本入りのジュースを出し、好きなものを選ぶように言った。ちょっと！　私のことを六歳くらいの子どもだと思っているのかしら！　私はジュースを一本もらったけれど、[*8] 緊張しすぎて食べ物は食べられない。

そして、ついに、私たちはレコーディングスタジオにいるのだ！

信じられない。この時が来るのを何度も夢見ていた。アンディは大きなガラス窓の向こう

＊8　柄はドジドジくんという絵本キャラクターを選んだ、どうでもいいけど。

側にある、ツマミやランプのたくさんついた大きな録音機材の前に座り、スタジオのメインのスペースからは完全に遮断《しゃだん》されている。

「これについては心配しないで」アンディは機材を見せながらそう言った。「全部任せて」

それからベンは私をレコーディングのスペースに案内した。どこにも窓がなく、完全に防音だから、録音するときに鳥の声や車や風の音などの不要なノイズが入らないのだ。私は、数本の美しいギターがスタンドに立てかけられていることに気がついた。そして大きなドラムセット。小さなグランドピアノまである。

「弾ける?」私が鍵盤《けんばん》に指を滑《すべ》らせたとき、ジンは尋《たず》ねた。「これだけ」私は「きらきら星」の簡単バージョンをさっと弾いた。みんなが笑ってくれたおかげで、少し落ち着けた。「ギターのほうが合ってるかもね!」ベンは微笑《ほほえ》んだ。

私はギターをつかみ、メッシュの丸いフィルターのついたマイクの前まで歩いていった。

「準備はオーケー?」ジンはマイクを私の背の高さに合わせて調節した。胃がひきつっている。

「モチロン」私はにこりと笑った。

「すぐに録音を始めるわけではないからね」ベンはそう言って私を安心させた。「君のタイミングでやってほしいんだ。リラックスした状態で。君の歌を、いくつか聞かせてくれるかな」

緊張しながら、チューニングを始めた。すごく変な感じがする。ベンとジンは、アンディと一緒にガラスの向こう側にいて、ベンの声がインカムから聞こえてくる。

「楽しんでやればいいよ、サッシー」彼はそうアドバイスしてくれた。「自分の部屋で、一人で過ごしてると思えばいい。僕らがいることは忘れていいよ」

チューニングが終わり、顔を上げた。スタジオは、不気味なくらい完ぺきに静かだ。まるで、手を伸ばせば、沈黙《ちんもく》を一つかみ、手に取ることができそうなくらい。ガラスの向こうでは、アンディが下を向き、眉間《みけん》にしわを寄せて機材に集中しているようだった。ベンとジンが話しているのが見えるけれど、何を言っているかはわからない。

私は深く穏《おだ》やかに息を吸い、目を閉じてタスリマから教わったイメージトレーニングを始めた。自分が見える。大観衆が待つステージの上。私が歌い、観客は喜んでいる。歌の終わりには、歓声が飛び交うのが聞こえてきた。そして目をパチリと開けた。ハマーのせいで感じていた暗い気持ちは、すべて吹っ飛んだ。このレコーディングで、百パーセントを出し切る!

手の震《ふる》えは止まり、お腹も落ち着いた。いくつかコードを鳴らしてみた。彼らが聞いたことのない曲で始めるのは嫌なので、「小鳥が歌を止めるとき」に決めた。例の、誰かがこっそり撮《と》ってネットにあがっていた動画で彼らが聞いたことのある曲だ。*9

最初のほうのフレーズは、音程が合わなかった。頭のなかでは、またツイッグと一緒に木に登ったり……私の部屋でツイッグと一緒に歌ったり……ツイッグのことを考えていた。

そして歌い終えた。

再び、沈黙《ちんもく》がたちこめた。目に見えない、分厚い毛布に包まれているかのよう。

「やあ、とてもよかったじゃないか」ベンの声がインカムから聞こえる。「アンディの音量バランスの調整も完了だ。好きなように歌ってくれ。力を抜いて。楽しんで！」

そんな感じで、数時間が経った。ベンはひたすら「素晴らしい。他のも頼むよ」と言った。

七時になり、私たちは休憩《きゅうけい》をとった。ベンとジンは、私がスタジオに来たことをとてもうれしいと口をそろえて言った。私はお母さんに電話をかけ、問題ないと伝えた。お母さんはちょうどピップのお芝居《しばい》から帰ってきたところのようで、電話のそばでピップがいらいらしているのがわかった。「つけまつげを片方落としてしまったのよ」お母さんは事情を打ち明けた。「そろそろ切って、なぐさめてこようかしら」

つけまつげ！　ピップのまつげはすでに濃くてフサフサでクルクルなのに。今まで私は、あの子に美徳を教えるために充分頑張ったつもり。十代になる頃にどんなふうになっているのか、考えるのも恐ろしい。

＊９　誰がやったのか、わかればいいのに。コーデリアに何か予感がしないか、聞かなくちゃ。

休憩――それと、おまけのジュースタイム――も終わり、私たちはスタジオに戻《もど》った。ベンは、短いデモを録れば今日は終わりだと言った。彼は、私の幅広さをアピールできる三曲を選ぶようにと言った。

「『小鳥が歌を止めたとき』、『ジュリエットなんかになりたくない』、『搾取《さくしゅ》工場の子ども』でどうですか？」と私は提案した。

「オーケー、それでいこう」ベンはにっこり笑った。

初めの二曲はとてもうまくいった。ジンはずっとニコニコしていて、ベンは真剣《しんけん》な、感動しているような様子だった。

そして私は「搾取工場の子ども」を歌い始め、三節目の途中までできたとき、ジンの声がインカムから聞こえてきた。

「ありがとうサッシー。この曲は使えないと思うわ。他の曲を聞かせてくれない？」

「けど、この曲をデモに入れてほしかったんです。これは私のなかでベストな作品の一つです。コーラスもうまく入れます。万人受けします」

「いまいち及ばないわね」ジンは彼女らしくない、おふざけは終わりとでもいうような尖《とが》った声でそう言い張った。「個人的には、ベストな作品とは思わない。デモに入れるに値しないわ」

私はやかましくため息をつき、目玉をぐるりと回した。

「もしこの世界で成功したいのなら、アドバイスを素直に受けないと、サッシー」ベンは静かに言った。「目玉をぐるりと回さずにね」

私はもう一度目玉を回し、おどけて笑った。二人とも笑った。

「わかりました」私は言った。「でもやっぱり「搾取《さくしゅ》工場の子ども」はとてもいい曲だと思っています」

「悪い曲とは言っていないよ」ベンがさとした。「でも今はデモを作っているんだ。これは、ショーケースなんだよ。僕たちプロの判断を信じてほしい。長年これをやっているからね。いいかな？」

「そうですね」私はそう言って、再びギターをつかんだ。「それなら、何を歌えばいいですか？」

「ラブソングなんかどうかしら？」ジンがインカムから言った。「若くて、心がひきさかれるような、なりふり構わないような……そんな曲よ」

私はしばらく考えた。ラブソングなら、いくつかある。ツイッグと絶交して以来頭のなかで形ができていて、よく練習していたコード進行に、ぴったり合いそうな曲。私は弦を何回か鳴らした。ツイッグのことを考えるだけで苦しいし、もし彼らが失恋ソングを求めているなら、歌ってやろうじゃないか。

同じものが好き、
同じことで笑う
君は私を変人って思ってるだろう
私も君をヘンテコって思ってるよ
君が待っているときが大好きなんだ
校門のすぐ外で
君がそこにいないとき
心がすごく痛いんだ

君が呼ぶだけで
それだけで全部いいんだよ
どう言えばよかったのかな
うまくいくために
君は私が間違えたと思っていた

私は私が間違いないと思っていた
優しかった君
最高だった君
バカだった私……

私はガラスのほうをパッと見た。ベンは思いにふけっているようだ。ジンは悲しく、夢見心地に微笑《ほほえ》んでいる。

君が呼んでくれたら
電話してくれたら

すると、最高にすごいことが起こった。私の携帯が鳴ったのだ！　私は歌うのを止めた。ポケットで鳴る着信音は次第に大きくなっていく。ガラスの向こう側では、人が激怒して腕《うで》を振り上げた。ベンがマイクにかがみこみ、穏《おだ》やかだけど冷たい声がインカムから聞こえてきた。

「早く出なさい」

私はギターをスタンドにかけ、ポケットをさぐった。

電話番号をちらりと見た。コーデリアじゃない。タスリマでもない。お母さんじゃない。お父さんでもない。でもこれはストラスカロンの電話番号だ。心臓の鼓動《こどう》が早くなる。もしかして、もしかすると、ツイッグから？　きっと何かしら、テレパシーみたいな何かで、私の歌が彼に届き、謝るために電話をしてくれたんだ、でも、間違ってたのは私のほうなのに……。

私は受話ボタンを押した。

「やあ、サッシー！」声はスズメバチのようにブウンと響《ひび》いた。

「ツイッグ？」私は、心臓が口まで飛び出たまま、言った。

「ツイッグ？」ひび割れたような声が、突如《とつじょ》はっきりと聞こえるようになった。「まさか違うよ！　マグナスだよ。聞いて、サッシー。考えてたんだけど、明日映画館で最高の映画をやるんだけど、もしよかったら――」

私は怒りの指先を終話ボタンに突き刺した。そして携帯の電源を切り、ポケットに戻《もど》した。涙で目がしみる。厚かましく電話してきてデートに誘《さそ》うマグナスへの怒りの涙だ。ツイッグではなかったことへのいらだちの涙だ。

「準備はいいかな？」静かな空間に、ベンの声が響いた。

私はガラスに向かってうなずき、歌に集中しようと少し目を閉じ、気を取り直した。さっきと同じように穏《おだ》やかに歌い始めた。それから、なぜだかわからないまま、歌は大きく、早くなっていった。いらだちや、落胆《らくたん》、心の傷を腕《うで》にこめて、コードを鳴らした。痛みが声になる。涙が顔をつたう。

歌い終えると感情を出し切ったせいで、頭をがっくりと落とした。

ようやく顔を上げたとき。アンディがガラスの向こうからにっこりと笑っている。「お見事、サッシー！　デモができたぞ。素晴らしい作品だ！」

彼は親指を立ててから、元どおり機材をいじりだした。ジンはレコーディングスペースのドアを開くとすぐさま飛んできて、輝《かがや》くような笑顔を見せながら、私にティッシュを差し出した。「お疲れ様、サッシー！」彼女は熱狂していた。『レコーディングのときは毎回携帯の電源を入れておいてもらったほうがいいかもね！」

「悪い知らせではなかったんだよな？」ベンは心配そうに尋《たず》ねた。

私は首を横に振り、笑おうとした。「いえ、全然」

「やあ、とてもよくやったよ、サッシー」ベンは私の髪《かみ》をわしゃわしゃとかき混ぜた。「誰が電話したのかわからないけれど、感謝しないとな！　お礼の電話をしておいたらどうだい？」

「大丈夫です」私はギターをケースに押しこみ、金具を閉めた。「ただのイタズラ電話でしたから」

11章

レコーディングは、ベンが予想していたよりもずっと早く終わった。

「レコーディングにもっと時間がかかる人もいるの」ジンは私のギターを彼女の車の荷台に置きながら言った。ジンが家まで送ってくれるおかげで、私はベンのハマーにもう一度乗る心配をしなくてすんだ。「スタジオでよく頑張ったわね。お疲れ様！」

「それは、レコーディング契約《けいやく》を結んでくれるってことですか？」私は助手席のシートベルトをしめながら、思い切って聞いてみた。

ジンは笑った。「ああ、それは私たちだけで決めるものではないわ」彼女はハンドルを握《にぎ》りながら説明してくれた。「判断する人は、大勢いるの。私とベンは、その人たちにデモ音源を聞かせて、それに応じて返事をするのよ」

ジンが運転するなか、私は今月最後の通話枠を使って家に電話をし、タスリマの家までジンに送ってもらってもいいか確認した。ジンは九時前にはストラスカロンに着いているはず

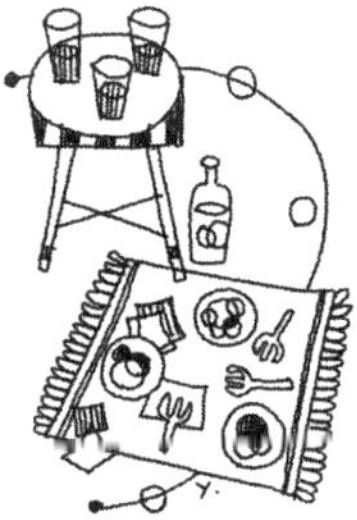

だと言ったけれど、そこまで遅くならなそう――タスリマのお母さんにも何も言われないはず！　私はもうツイッグのことは考えないことにした。彼は過去なのだ。音楽こそが私の未来。そしてデモ収録を終えて心が熱くなっている今、この話を今すぐ親友二人に知らせたい。明日の朝までなんて、待てない。

お父さんったら、最高。ジンが私をタスリマの家へ送ってくれるなら、お父さんはお泊まりに必要なものを九時までに届けに来てくれるらしい。

ジンと別れてタスリマの家の玄関へ急いだけれど、九時までまだ十分もある。

タスリマがドアを開けると、私はニヤリと笑った。「サプラーイズ！　もし通話枠が残っていれば、来る前に電話したんだけどね！」

タスリマの顔がくもっている。そしてその理由がわかった、彼女の後ろからメーガンが現れたのだ！　メーガンが微笑《ほほえ》み「ハァイ、サッシー！　どうだった？」と言ったとき、私のワクワクした思いは、しぼんでしまった。

「平気」ぼそりと言い、リビングでタスリマのお母さんに挨拶《あいさつ》をしようと、タスリマのあとを歩いた。どう思えばいいの。タスリマとコーデリアは、私が五分でも不在だったら代わりの人が必要なの？　それとも、メーガンが私の居場所を奪い去る癖《くせ》があるとか？

「あら、サッシー！」アンカーさんは言った。「驚いたわね。今日は来ないのかと思っていたわ」

そしてタスリマをけわしい顔つきで見た。「お泊まりのルールは覚えているわね？」

タスリマは顔を真っ赤にしてうなずいた。アンカーさんには、とあるルールが――えっと、実際は、アンカーさんには数え切れないほどのルールが――あって、お泊まりするときはタスリマは二人以上の友達を呼ぶことができないのだ。

「ご心配なく、アンカーさん」私は心臓が足まで落ちこまないうちに、素早く言った。「もうすぐ家に帰りますから。今お父さんがこちらに向かっています」

タスリマが上の階に連れていってくれるときに、私はここに来るなんて考えなければよかったと思った。バカバカしい思いつきだった。今更気がついたのだ。

私たちは静かにタスリマの部屋へ入った。床に敷《し》かれたテーブルクロスの上に、三つの皿が置かれ、アンカーさんお手製、ヨダレ必至の絶品パコラとバジ▼が積まれている。アンカーさんが刺繍《ししゅう》をしたナプキンが三枚、くちゃくちゃの状態で置かれている。鮮やかなコップに入ったジュースが三つ、タスリマの隣《となり》にあるテーブルに置かれている。

メーガンは私が座るスペースを作ろうと、ベッドの上を弾みながら移動した。異様な感じがした、まるで私がここに来るまでは三人はとても楽しく過ごしていたかのような。

「下の階に行って、お皿をもう一枚取ってくるね」タスリマは明るく言ったけれど、さっとばつが悪いに違いない。

▼　南アジアの料理。

「ほら、サッシー！」コーデリアは顔を輝《かがや》かせていた。「教えて！　どうだったの？」

「オーケー」私は裏切りに対する気持ちを抑《おさ》えようとして口ごもった。「デモを聴いてもらって、もし話を進めることになったら、電話が来るって、ジンが言ってた」

「最高じゃない！」メーガンがハッと息をのんだ。「本当におめでとう！」

メーガンは、私の親友の部屋に私の親友たちといるべきじゃないってこと、気づいてないみたい。

「でも何か感じるわ」コーデリアは顔をしかめ、指を大きく広げた。「百パーセントハッピーなわけではない、そうでしょう？」

「ハッピーに決まってるじゃん」私は笑ったけれど、うまくいかなかった。汚くて、不安定で、ガラスの破片みたいだ。涙が顔をつたい、こんなにも傷つきやすい自分が本当にうんざりだ。「どうしてハッピーになれないんだろう？　初めてのデモを録《と》ったんだよ。ワイジェンと契約《けいやく》できるかもしれないチャンスなのに――」

「ツイッグのことでしょう？」コーデリアが話をさえぎったとき、タスリマが部屋に戻《もど》ってきてお皿とナプキンを私に差し出した。「ちょうど今、サッシーは彼に対する気持ちを整理したほうがいいってメーガンが話してたの」

「なんでそんなことやんなきゃいけないの！」私は怒って言った。「向こうだって間違ってたし――」

「でも向こうは、正当な理由で間違えたでしょ？」メーガンは口走った。「つまり、彼はお父さんのビデオカメラを持ち出すという大きなリスクを取っていたのに、それをすっかり忘れちゃってたんだもの」

「だから、怒るのは仕方のない話だね」コーデリアはため息をついた。

そしてコーデリアとメーガンとタスリマは、私とツイッグのことや、私がどうすべきかについて、言い合いを始めたのだ。すると突然、私のほうこそ、ここにいるべきじゃないのだという気がしてきた。まるで三人が友情のベールに包まれていて、私はその外側で、見えないバリアで跳《は》ね返されているみたいだ。

ほんの一瞬、スターになることへのバカげた執着があるのが原因ではないか、と頭をよぎった。歌のレコーディング、そして有名になること。もしも先週ワイジェンの人たちが電話してこなければ、人生はどんなにかマシだったろう。昔ながらの普通のサッシー・リイルドとして落ち着いていれば、メーガンだってここにはいなかっただろう。ツイッグとだって、友達でいられただろう。平和でいられたのに。

「ねえ、サッシー」タスリマが言った。「ツイッグと話したほうがいいと思うの――」

「あのさ、その話はもう終わりにしない？」私はボソボソと言った。「ツイッグのほうが会いたくないんだから――」

「そんなの**全然**違うね」メーガンは言い返した。「ツイッグは、サッシーに会うために今日のお昼に学校へ行ったんだよ。それで、なんと、あなたとマグナスがハマーに乗っているのを見て、**めちゃくちゃ**びっくりしちゃったのよ。私がここに来る前なんて、家で暴れながら、ストラスカロンが嫌いだ、母親のほうに帰る、って言って――」

「やめてよ、メーガン!」思わず声が出た。「何もかも、余計ひどくなったよ……それに……」言わないように抑《おさ》えたけれど、言葉がどんどん滑《すべ》り落ちていき、まるで勢いのついた魚のように、止まる術がないのだ。「そもそもメーガンがここにいるのも、おかしいじゃん!」

メーガンの顔はしわくちゃになり、目から涙があふれていた。そしてベッドから飛び降り、ドアのほうへ走っていった。

サイドテーブルが揺《ゆ》れ、三つのグラスが倒れた。ジュースがそこらじゅうにこぼれた。タスリマとコーデリアはナプキンを取り、とてつもない勢いで拭いた。私はぎゅっと目を閉じた。タスリマのお母さんはお部屋を「きちんと」させておくことと私たちが「きちんと」することに、とても厳しいのだ。タスリマはあとで大変だろう、そしてこれはすべて私のせいで、私のことを一生嫌うのだろう。

「大丈夫かしら、みんな?」アンカーさんが階段の一番下から呼びかけた。タスリマは深呼吸をしてから立ち上がった。メーガンはトイレに鍵をかけ、ドアの奥からはかすかに鼻をすする音が聞こえた。

「メーガンがバジを喉《のど》に詰《つ》まらせちゃったの、それだけ」タスリマは階段の下に向かって呼びかけた。「すぐに平気になるよ」

そしてタスリマは部屋に戻《もど》ってきて、私をにらんだ。「メーガンの話を最後まで聞けばよかったのに」彼女は静かに言った。「サッシーのこと、かばってくれてたんだよ。ベンがハマーで迎えに来たとき、サッシーが怒ってたことをツイッグに話したって」

「それで、ツイッグに、仲直りしたいかどうか聞いたんだって」とコーデリアは言った。「ツイッグは仲直りしたいって」

「でもまずはメーガンと仲直りする?」タスリマはベッドの私の隣《となり》に座り、私の肩に腕《うで》を回した。「サッシーは私たちの親友だよ。でもメーガンは一人ぼっちなんだよ。だからお泊まりに誘《さそ》った。なじもうと頑張ってるじゃない、サッシーに好きになってもらうために。チャンスをあげたらどう?」

タスリマがそう思うのは優しいことだけど、でもメーガンに傷つけられたのは**私**なんだ。そう、少し前に謝ってもらったこともあったけど、それでも――

そのときメーガンが部屋に戻《もど》ってきた。彼女はまた涙がぶり返さないようにと、唇《くちびる》をぎゅっと噛《か》んで、ベッドの縁《へり》に慎重《しんちょう》に腰を下ろした。タスリマは何か言いたげな顔で私を見た、言いたいことはわかってる。

「ごめんね、メーガン」私は静かに言った。

「大丈夫よ！」メーガンは震《ふる》えながら微笑《ほほえ》んだ。「友達なんだもの、ね？」彼女はこちらに身を乗り出し、私のことをしっかりと抱きしめた。

私も思わず、彼女を抱きしめた。

もう、こんな苦しい気持ちは、二度としたくないと心に留めた。

12章

次の日の朝、私は十一時頃まで寝ていた。

「気を利かせたつもりだったけど！」私がブツブツ文句を言いながらワクワクおめざスムージーを作っていると、お母さんはそう言い返した。「昨日は自分が思っているよりも疲れていたのよ。今週はずっとよく眠れていないようだったし。お泊まりに行かなくて、かえってよかったわ」

私はあくびをしてミキサーのスイッチを押した。ミキサーがやかましく動き出し、お母さんの話し声が消えていった。認めるのは嫌だけど、お母さんは正しい、私はかなり疲れていたんだ。それでも私は昨日すぐに寝なかったのだ。メーガンのことについてしばらく考えて、できるだけ優しくしようと決めたのだ。それで様子を見よう。そしてツイッグのことについて考えた。そして決めた。このスムージーを飲みこんだら、おしゃれして、彼のところへ会いに行こう。仲直りするんだ。だって、私たちがけんかしなくとも、世界ではもうすでに多

すぎるほど戦争が起こっているもの。

ピップは台所のテーブルの席に着いて、ヨーグルトとイチゴの入ったボウルのことでウジウジと考えているようだった。私は彼女の横にどすんと座った。「どうしたのよ?」私はあくびをしながら聞いた。

ピップはスプーンでイチゴをつついている。「お母さんが強制的に食べさせるって言うの! フラフラ・ジェットみたいにね!」

「何それ?」私は聞いた。

「フラフラ・ジェットだよ。ほら、その人たちが闘《たたか》ったから女の人が平等な権利をもらえて、男の人がえばりにくくなったんでしょ!」

「サフラジェットね」▼スムージーをすすりながら訂正してあげた。「お母さんは正しいと思うよ、ピップ。毎日朝ごはんを食べたほうがいいよ。サフラジェットが闘《たたか》ったのは、参政権を得るためで、飢死する権利は主張してなかったでしょう。それに、イチゴとヨーグルトは太らないよ。悪いのはフライドポテトとかチョコレートだよ」

「むうう!」ピップはイチゴを慎重《しんちょう》になめた。

お父さんが台所にやってきた。お母さんは最近読んでいる自己啓発書『あなたのなかの女神の見つけかた』から顔を上げて、メガネ越《ご》しにお父さんをじっと見た。

▼ 20世紀初め頃に女性の参政権を主張していた人々。治安妨害などを理由に収監されたサフラジェットたちは、抵抗するためにハンガーストライキ(食事を拒否)したが、それに対し刑務所は鼻チューブなどを用いて、強制的に食べ物を食べさせた。

「さあ、みんな」お父さんは微笑《ほほえ》んだ。「身支度をしてくれ。これからひいおばあちゃんのところへ行こう」

何!!

「来週じゃだめかな?」私はうろたえた。お父さんはすでにブルースターのお水を取り替え、私たちがいない間でも暇《ひま》にならないよう、おやつも何個か準備ずみだ。

「ごめんよ、サッシー」お父さんは陽気に言った。「ひいおばあちゃんが死ぬかもしれないから——」

「**アンガス!**」お母さんはお父さんに向かってふきんを投げた。

お父さんはそれをひょいとかわし、ふきんはブルースターに着地した。「何週間も延期しているだろう、サッシー。昨日の夜、お母さんと二人で決めたんだ。今日に行こう。家族全員。例外はナシ。言い訳もナシ」

ピップと私は顔を見合わせた。即席の仲間。マジで! お父さんは政治家だけど、ときどき、若者の権利を忘れるときがある!

「私たちは意思決定の場に参加できないわけ?」私は抗議《こうぎ》した。「だってさ、それが民主主義ってもんじゃない?」

ピップは力いっぱいうなずいた。私はそれに後押しされ、証言を続けた。「私たちは少子化時代の子どもであり、投票する権利はもっていない。[*10] でも子どもの権利は、国際協定によって守られているの。お父さんは私たちに、今日予定があるかどうかすら聞かなかった！」

「いいわ」お母さんが言った。「ピップ！　サッシー！　今日何か予定はある？」

おっと。予想外だ。私はそのまま次の私の主張について、話を組み立てている最中だった――子どもたちを不当に扱うような政治家たちを投票で辞職させるために、毎年選挙に行くことが親にとっていかに大切なことかという話を――納得してもらえそうな今日の予定をでっちあげるべきだった。ツイッグのところへ行って、仲直りしたいという事情は言いたくない。

「勉強かな？」私は希望をもって言った。

「サッシー、自分から勉強したがるなんて、どういう風の吹き回し？」お母さんは笑った。「じゃあこの討論はおしまいにしていいかしら。ひいおばあちゃんのところへ行きましょう。シャワーを浴びなさい！　さっさと！」

三十分後、私たちは車のなかにいた。ピップはひどく不機嫌だ。お母さんが、無理やり九歳らしい格好をさせたのだ。残念だけど、私はそうすべきだと思う。

「ひいおばあちゃんは心臓が弱っているのよ」お母さんはそう言って私のお古のコットンドレスをピップの頭にかぶせた。「ひいおばあちゃんは、ピップのことをいつまでも小さな

＊10　まだね！

可愛い子だって思ってるし、私もずっとそう思っていてほしい。お化粧もナシよ！」

「リップグロスちょっとだけならいいでしょ？」ピップは口をとがらせた、お母さんはピップを車に引きずっていった。

「何時に帰る？」私はシートベルトをしめながら尋《たず》ねた。

「ごちゃごちゃ言わない！」とお父さんが言った、そんなの全然公平じゃない！　ただ筋の通った質問をしただけなのに！「七時までには帰ったほうがいいな。夜は自由にしていいぞ」

ひいおばあちゃんは百マイルほど離《はな》れたところに住んでいる。それはある意味では、遠い存在ということで、喜ばしいことだ。でも、ある意味では、会いに行くのにつまらない長旅が待っているということだ。

ピップと私は後部座席にもぐりこんだ。私たちは準備万端だった。私は前屈《まえかが》みに座り、イヤホンをして、お気に入りの音を聞いていた。ピップはスケッチブックとカラーペンを持ってきていた。（彼女は最近、先生から芸術の才能があると言われたので、ファッションデザイナーになろうとしているのだ。）お母さんはあくびをした。お父さんはサングラスをかけ、車にはエンジンがかかり、そして私たちは出発した。

私もいざ。

睡眠の世界へ。

グーグーグー

グーグーグー

グーグーグー

グーグーグー

グーグーグー

突然、車が脱線して荒々《あらあら》しく揺《ゆ》れたので、目を覚ました。お父さんはブレーキを踏《ふ》みつけ、車は急停止した。いきなり日の光を見て目がチカチカするなか、私はイヤホンを外した――なんとパトカーが私たちの前で、サイレンを鳴らし、ランプをチカチカと光らせている。サイレンが長くうなるような音を上げるなか、警官が立ち上がり、こちらに走ってきてお父さん側のドアを引っ張り開けて叫《さけ》んだ――**「おい! 車から出ろ!」**

お父さんはよろよろと外へ出たけれど、完全に混乱しているみたい。私も混乱している。お父さんは**決して**スピードを出さない。時速四〇マイルも出ていれば、いい方だ。警官はお父さんに向かって、背中で腕《うで》を組んで車のボンネットに体をふせろと叫《さけ》んだ。うわぁ! 警察官が高圧的だって聞いたことがあったけど、これはちょっとやりすぎでしょ!

お母さんのドアのほうにも、別の警官がいた。女性だ。彼女は荒々《あらあら》しい声で、お母さんに車から出るように命令し、パトカーの後部座席に座らせた。横切る車はどれも、何が起きているかを見ようとしてゆっくりと通り過ぎる。警官は、まるでお父さんが武器でも持っているかのように、ボディーチェックをしている。そして女性の警官は、ピップのドアを開けた。

「怖がらないで」彼女は突然穏《おだ》やかに微笑《ほほえ》んだ。「安心して。もう大丈夫だからね」

ピップの顔は死んだように真っ白。「たぶん……何か……誤解《ごかい》が……あるかも……」ピップは消えそうな声で口ごもった。

「いいのよ、おチビちゃん」女性の警官は優しく言った。「嘘《うそ》をつく必要はないわ。もうやつらは何もしないから」

私は体をつねった、起きていると見せかけて起きていないような、何かおかしな夢を見ているのかもしれないと思って。でも、何も変わらない。

ピップは振り返り、震《ふる》える手で、車の後ろの窓から、画用紙を取った。

女性の警官はそれを受け取り、そしてそのとき私はなぜピップが青白い顔をしているのか、わかった。彼女の下手な落書きで、明るい赤色で、こう書かれていた——

たすけて！　けいさつをよんで。ゆうかいされた！

13章

もう、ピップのことを信じられない！

お母さんのことも。お父さんも。おかげで交番に行って「誤解」を解くはめになった。お父さんは耳から湯気をぽこぽこと出しながら、自分がＶＩＰ――ズバリ、議員であること――を主張し、ひどい扱いを受けたことについて、議会で議題にあげると言ったけれど、警官はこう返した。「子どもの誘拐《ゆうかい》はとても深刻な問題なんです。もし九九九番の緊急通報を受けて我々が出動しなければ、それだって議会で話し合われるんでしょう、おそらく？」

お父さんはそれから黙《だま》った。

お母さんは話せないくらい怒っていた。激怒のあまり髪《かみ》の毛はチリチリと縮れ上がり、顔は最高警戒レベルを示すピンク色。

ピップはわんわんと泣いている。

頭に来る。今朝起きてから、たった一つのシンプルな計画をやるだけのはずだったのに。

たった一つ、やりたかったこと。ツイッグに会いに行って問題を解決すること。でも横暴な両親とアナーキーな妹のせいで、このとおり、まるで常習犯みたいに交番に居座っている。

ようやっと、解放された。

みんなで車に乗りこんだけれど、トランポリンできそうなほど、沈黙《ちんもく》がぴんと張りつめていた。お母さんはピップのスケッチブックとカラーペンを取り上げた。「預かっておくわね。またとんでもないことをしでかす前に」

お父さんはエンジンをかけた。

「よかった！」私は言った。「もう帰れるよね？」

「ひいおばあちゃんの家に行くって、朝に決めたじゃないか」お父さんはうめいた。「だからこれから行くんだ」

「あんな精神的ショックのあとで！」

「それはみんな一緒よ」お母さんが言った。「ひ孫が社会規範《きはん》から外れたことは、ひいおばあちゃんのせいではないでしょう」お母さんはピップをにらんだ。でもピップはもう立ち直っていた。イヤホンをつけて窓の外の景色を見ていた。

私はシートに深く座り、じっくりと、もしもツイッグに会うチャンスがあれば伝えたいことを考えることにした。

最後にひいおばあちゃんのところへ行ったのは、確か、千年くらい前だったかな。美しい夏の日だったけれど、ひいおばあちゃんはまるでコウモリ。それか吸血鬼。*11 お日さまが嫌いなのだ。表にいると皮膚がんになる、なんて言う。かわいそうに。彼女のように熟成するために生きてるんじゃないのに。*12

さて、私たちはひいおばあちゃんの陰気《いんき》なリビングに無理やり座った——セントラルヒーティングがパワー全開の、無責任**極まりない**、気候変動に**大いに**影響《えいきょう》を与える部屋で——味の薄《うす》いジュースを飲み、彼女の退屈《たいくつ》な話を延々、延々、延々、聞かされた。すべて、最近死んだ友だちの話。

そのあとは、彼女の胆石《たんせき》の話が始まった。胆石がどんなものかなんて、考えたくもない！でもひいおばあちゃんはヒートアップしてる。

彼女は足の爪にも問題がある。本来の位置に背いているの、ホントに。

そこに、新聞配達員がやってきた。彼女は『デイリー・エクスプレス』を読みたいだろうに、ずっと『デイリー・メール』▼を届けてもらっているみたい。「最近のお若い人たちはどうなってるのかしら？」ひいおばあちゃんは鋭《するど》い目つきで私を見つめた、まるで私が**個人で**責任を負うかのように。「文字を読むことを学校で教わってないのかねぇ？」

＊11　歯のない吸血鬼。
＊12　あんな歳まで生きたいか、わからない。だって、なんの意味があるの！　ひいおばあちゃんは、若くして死ぬべきだと思える最高の反面教師だと思う。
▼　どちらの新聞も大衆紙だが、『デイリー・メール』に比べ、『デイリー・エクスプレス』の方が読者の年齢層が高めのイメージがある。

ひいおばあちゃんは私たちと楽しく過ごすつもりはないみたい。

勘違《かんちが》いしないで。ひいおばあちゃんのことは大好き。でもこんなにきれいに晴れた午後なのに、本当に絶対にまじでツイッグに会って恋路の軌道《きどう》修正をしないといけないときに、リビングで座りながら、ひいおばあちゃんの文句やら薬の細かな話を聞くのはとても、とてもキツイ。

ようやくひいおばあちゃんは満足したようだ。体にうっすらほこりが積もって、生きる意欲をなくすくらい、長かった。

「私ん家で暇《ひま》なんか潰《つぶ》してないで、もっとやるべきことがあるんじゃないのかいね？」ひいおばあちゃんはブツブツ言った。ピップと私はすぐさま動いた。まるでひいおばあちゃんが世界で一番大好きな人かのように、二人でしっかりとひいおばあちゃんを抱きしめると、玄関めがけてダッシュした。

自由！　自由！　ついに自由！　これがきっと、ネルソン・マンデラ▼がロビン島に二十七年閉じこめられたあとに、釈放《しゃくほう》されたときの気持ちなんだ。顔をお日様に向けると、金色のエネルギーに優しくなでられるかのようだ。

車に乗りこみ手を振ってお別れするとき、喜びの声を我慢《がまん》するのに必死だった。「ひいおばあちゃんの歳になれば、サッシーにも、あの気持ちがわかるわよ！」お母さんはたしなめた。

▼　南アフリカ共和国で黒人差別反対運動をした。のちに南アフリカ共和国の大統領となる。

家に着く頃には、九時を回ろうとしていた。私は、メーガンとツイッグに急いで会いに行くと告げた。嘘《うそ》にはなっていないでしょ？　きっちり三十分で帰ると約束した。

「いいわ」お父さんがお母さんを落ち着かせようとグラスにワインを注ぐなか、お母さんはうるさく言った。「でも必ず約束は守ってね。今日これ以上の事件はもうごめんよ！」

ツイッグの家へ向かう道を歩き、私は彼と初めて出会った夜に彼が登っていた木を見上げた。生茂る青い葉の奥を見つめ、ちょっとだけ、彼が微笑《ほほえ》みかえしてくれることを期待してみた。

深呼吸をし、ドアのベルを鳴らして待った。

メーガンのお母さんがドアを開けた。

「サッシー！　来てくれてうれしいわ！　でもメーガンはいないの。タスリマの家ね。もうすぐ帰るだろうから、よかったらなかに入って待っていて」

「タスリマの家」と言われたとき、小さなやきもちかいじゅうが、私の心をかき回して牙《きば》を剝《む》いたけれど、それを喉元《のどもと》で押しこんで潰し、心の隅《すみ》っこに追いやった。

「あの……」無理やり笑顔を作った。「ツイッグはいないですか？」

「ツイッグ？」と彼女が聞き返したとき、自分の顔が赤くなるのを感じた。メーガンのお母さんは私が幼稚園にいるときから知っているので、彼女と話すとき、三歳に戻《もど》ったような気持ちになる。男の子のことを聞くにしては、若すぎる。「ごめんねサッシー。ツイッグはいないの。それに、いつ帰るのかもよくわからないの。実は、今どこにいるのかすら知らないのよ。アウトローだから、あの子ったら」

「あら！」がっかりだ。「私が来たこと、伝えてもらえませんか？」

「もちろんよ！」キャンベルさんはにっこり笑った。「ああ、サッシー」私が帰ろうとすると彼女は言った。「あなたとメーガンが仲直りして本当にうれしいの。ここ数週間、メーガンがいきいきしているわ」

そう言ってから、キャンベルさんはドアを閉めた。

14章

私は心を沈《しず》ませながら帰り道を歩いた。もし私の愚《おろ》かな両親が、今朝ツイッグのところに行かせてくれていたら、ひいおばあちゃんの家に連れ回したりしなければ、今頃は仲直りできていたかもしれないのに。

そして、最悪の日だった、ベッドにこもっているほうがマシだった、と考えていたときに、何か小さくて硬《かた》い物が頭にぶつかり、道路の目の前に転がった。木の実だ！

どこから飛んできたのかがわかる前から、希望が湧《わ》いてきた。木の実がもう一つ、私の頭蓋骨《ずがいこつ》をはじいたとき、私はポケットからティッシュを引っ張り出し、降参を表す白旗のように振った。「私は、平和のためにヤッテキタ」私は頭上の木の枝に向かって大声で言った。

「それはヨカッタ」ツイッグは木を揺《ゆ》らして私の隣《となり》に着地した。「じゃ、もう争いはおしまい？」

「私たち、争ってたっけ？」

「まあね……」ツイッグはきまり悪そうに下を向いた。「でも、言いたかったことは、ごめん」

「そっちが、謝るの？」私は息をのんだ。「違う、謝るのは私のほう」

「聞いたよ」ツイッグは言った。「この前話していたもんね。キッチンで。覚えてる？　鼻にクリームをドロドロくっつけながら。でも、僕ふてくされてて耳をかすことができなかったんだ。僕がもっと――」

「私は、ワイジェンの人たちが来たとき、ツイッグを置いてきぼりにするべきじゃなかった――」

「聞いて」ツイッグは構わず言った。「きりがないよ。このことは話さないようにしない？　全部忘れよう？」

「何を忘れるの？」私は微笑《ほほえ》んだ。

「さあね」彼はニヤリと笑った。「もう忘れちゃったな。それはそうと、今何してるの？」

私は腕《うで》時計を見た。「もう家に帰らないと。親の機嫌が最悪なの。ピップは一年は外出禁止よ」

「そしたら家まで送ろうか？」ツイッグは恥《は》ずかしそうに聞いた。私の心が歌った。

「もちろん」私はにっこり笑った。「回り道する？　森を抜ける？」

「森を抜ける」ツイッグは私の手を取った。幸せのビッグウェーブが押し寄せる。もう、もしツイッグが手を放したとしたら、空に浮かび上がっちゃうかも。そしたら、彼も一緒に空に連れていこう、もちろん！

こんなにも素敵なことから、離《はな》れようとしていたなんて。

15章

次の日の朝、鳥の鳴き声で目が覚めた。目をパチリと開けて、時計を見た。まだ五時半だったけれど、外は明るかった。私は布団にもぐりこみ、眠ろうとした。きれいな南国の島の夢を見ていたから、その世界に戻《もど》りたい。でも、できないよね？ だってただの夢なんだもの。夢は現実世界とは違う。

私は寝返りをうち、早朝の光が天井に差しこむのを見つめた。夢のなかで、すごく幸せだった。南の島には私とツイッグの二人きりで、私は彼のために毎晩歌をうたい、すべてが完ぺきだった。夢を見るのは、現実世界で起きている問題を必死で解決させようとしているときだ、とタスリマが言っていた。私たちは夢が伝えようとしていることに耳を傾けるべきなのだという。それってどういうことだろう、スターになりたいことが間違っているの？ きっと、愛する人たちのために歌うだけで充分っていうことなのかも。きっとそれが、夢が伝えようとしていたことなんだ。

おじいさんの時計が廊下で七時を知らせ、私はこれ以上ベッドにいられない、と思った。全然眠くないもの。どのみち、新しい曲が頭のなかでできかけている。私は起き上がり、カーテンをシュッと開けた。小さくてふわふわの白い雲が、ほのかにピンクに色づき、きれいな青い空を漂《ただよ》っていた。ノートを取り出し、レインボーのラグの上にあぐらをかいて、書き始めた。

あなたの隣《となり》にいる夢を見たの
海は温かく空は青くて
砂の上ずっと歩いていたい
私の手をつないで
毎晩太陽が沈《しず》んで
海が赤く燃えるとき
あなたと二人木の上から
海から昇る月を見ていたい
だって、あなたの隣にいる夢を見たの
あなたの見てる夢のなかでも一緒にいられますように……

思いどおりに歌詞を作るのに時間がかかったけど、ちょうどリズムを考えているときに、頭のなかでメロディーが形作られ始めた。私はそれをハミングしながら走り書きして、それを組み合わせた。まだもう一息だけど、何か浮かびそうだ。ギターをつかみ、膝《ひざ》の上に抱えて鳴らしながら、メロディーに合う基本のコードを探した。ついにできた。新しいテープをレコーダーにセットし、録音ボタンを押した。もう少し書き直さないといけないけれど、何か感じるんだもの。特別な何かを。曲の半分くらいまでたどり着いたとき、ドアが開き、お母さんがニヤリと笑いながらこちらを見ていた。

「私の曲で笑わないで！」カッとなって、顔が赤くなった。こんなの、私の夢に不法侵入されたも同然！「それと、いきなり部屋に入ってくるんじゃなくて、ノックしてよ！」

お母さんはあきれた顔をした。「電話聞こえなかったの？」

私は頭を横に振り、ベッド脇の時計を見た。もう十時になる！　考えられない。

「とにかく、ジンからだったわ」お母さんは続けた。「なんて言われたと思う？」

ジン！　お母さんがその名前を呼んだとたん、私の心臓は回し車に乗っている過剰に活発なハムスターのように早く動いた。

「クイズはやりたくないの。お願い、早く教えてくれる？」言葉を絞《しぼ》り出し、声がうわずった。

「ええと」お母さんはベッドの縁《ふち》に座った。「あなたがスタジオに忘れていった紫のシュシュを、郵便で送ってくれるそうよ」

「そう」巨大な塊《かたまり》のがっかりが、喉《のど》につっかえた。

「あと」お母さんは続けた。「彼らはあなたと契約《けいやく》することにとても前向きだったんだけど――」

「待ってお母さん。ちょっと、もう一回、言ってもらえる?」

「あなたと契約《けいやく》することに前向きだった――」

「びっくりどっきりどっかん!」

私は叫《さけ》んでギターをベッドの上に投げ出し、お母さんに抱きついた。

「「**だけど**」の続きは聞かなくていいの?」お母さんは笑って私の髪《かみ》をくしゃっとなでた。

「別に」私はにこりと笑った。

「わかったわ」お母さんはドアへ向かった。

「嘘《うそ》! 嘘《うそ》! 聞きたい! お願い!」お母さんの袖《そで》をつかまえた。

頭のなかで無数の仮説が駆《か》け抜ける――

だけど、タダでやってもらいます。

だけど、頭を剃《そ》ってもらう必要があります。

だけど、ギターのレッスンと、歌のレッスンと、ダンスレッスンと、フランス語のレッスンを……

お母さんは突然真剣《しんけん》になった。「座ったほうがいいわ」

いやだ！　心臓が止まりそう。何かを諦《あきら》めないといけなかったらどうする？　秘密のノートに誓《ちか》った、決してやらないことをやれと言われたら？

「それで、どんなこと？」私はかすれた声を出した。緊張で喉《のど》が渇《かわ》いている。

「**だけど**……見せてほしいって……」お母さんは心配した眼差《まなざ》しでこちらを見ている。私はクッションをつかみ、ギュッと抱えた。何かにつかまらないとだめだ。

「……まずはライブで演奏するのを。観客の前で」

「ライブ演奏？」私は繰《く》り返した。「ライブ演奏なんてどうすればいいの……？　たぶん、学校でランチタイムコンサートならやれると思うけど」私は興奮《こうふん》してまくしたてた。「でも、もう学期末だよ――」

お母さんはシッと言った。「どうやら、来週末に音楽フェスティバルがあるらしいの。変な名前だったわ、ウィッカマンだったかな？」

「ああ！」私は息をのんだ。「フェニックス・マクロードが出るやつだよ。メーガンが絶対行きたいって騒《さわ》いでて――」私はそう言いかけて止まった。「まさかそれって……」

お母さんは微笑《ほほえ》んだ。「ええ、そのまさかよ！　ワイジェンは、そこで何曲か歌って、観客の前でちゃんと歌えるかどうかを見たいんですって」

「ウソ？」私は息をのんだ。「ウィッカマンで演奏してほしいってこと？」

お母さんは紙切れを持っていた。「メモしておいたの。出演者のなかに、ワイジェンの歌手がいる。さっき言ってた男の子ね。フェニックス・マクロード。あなたには、彼が演奏する前に、何曲か歌ってほしいらしいの」

私はベッドに埋《う》まり、脚はゴム人形のようにグラグラと動いている。

「つねって」私は夢見心地に言った。「きっと夢でも見ているんだよね」

お母さんは私を強くつねった。「イテッ！」

「もしこのフェスティバルをやりたければ、こちらから電話をして伝えないといけないの。できるだけ早く。どうかしら？」

「もちろんやりたい！」私は金切り声をあげ、三歳の頃に興奮《こうふん》したときにやっていたみたいに、ベッドの上で飛び跳《は》ねた。

そのとき、ピップがやってきた。「何の音よ！」怒っている。

「ウィッカマンで歌うんだよ！」私は叫《さけ》んだ。「フェニックス・マクロードと一緒に！」

「なんだ、それだけか」ピップはそう言い、プリプリと戻《もど》っていった。「フディーニが眠るところだったのに、起きちゃったでしょ！」

16章

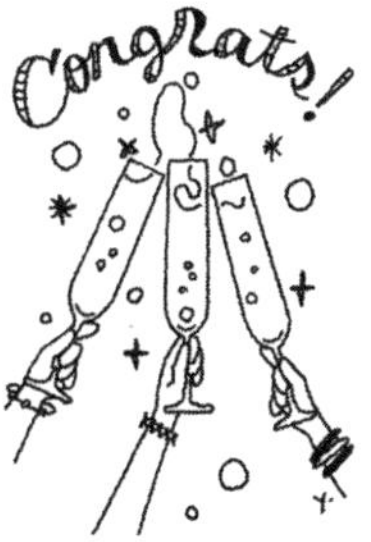

衝撃が落ち着くと、すぐにコーデリアに電話をした。

「そこで待ってて！」コーデリアは言った。「タスリマに連絡する。二人で飛んでいくから。そしたら全部話して！　すんごく楽しみ！」

数分後、二人が玄関に着くと、私たちは飛び跳《は》ねながら三人でハグをした。ブルースターが足元で吠えた。

「みんな！　みんな！　みんな！」お母さんがリビングから声を張り上げた。「落ち着いてくれるかしら！　アンガスに電話したいのに、自分の声すらほとんど聞こえない！」

三人でキッチンに駆《か》けこみ、私はシャンパングラスにシュワシュワのレモネードを注ぐと、みんなで乾杯した。

「こういうことが起きるって**わかってた**んだから！」コーデリアは笑った。私とタスリマは疑わしげに彼女を見た。

「お母さんが出かけているときに、水晶玉を借りてたの」コーデリアは説明した。「この夏休みに何が起こるかを占いたくて頑張っていたときに、見えたんだよ、大観衆とまぶしいライトが。だから、どこかに出演するって思ってたよ、サッシー」

タスリマと私は顔を見合わせた。コーデリアが超能力のことに本気で取り組んでいるのか、それとも単に私たちをだますのが上手なだけなのか、私たちにはわからないのだ。

「ほんと、ラッキーだね！」コーデリアはウットリと言った。「ぞくぞくするくらい最高にすごいフェスティバルになるね。行けたらいいのに！」

「あら、どうかしら、行けるかもしれないわよ！」お母さんは魔法使いのおばあさんのように杖を振る真似をしながら、ドアから現れた。「サッシーのお父さんと話したの。それとウィッカマン・フェスティバルをインターネットで調べて、決めたわ。アンガスが選挙の活動で忙しくて、今年は私たち、ちゃんとした夏休みを取れていないでしょう、それで今週の金曜は教員研修の日でどのみち学校は休みだろうから、ユルトを借りようと――」

「**ユルト**？」ピップがやってきてフディーニを入れたサラダボウルをテーブルの中央に置いた。

「**ユルト**って何？」ピップがブドウを口に投げようとして、フディーニの頭に当たった。

「テントのようなものよ」お母さんは説明した。「ロシアの大草原で、ノマド▼みたいな人が

▼　定住地を持たず、草原地帯で移動しながら暮らす人々。

使うの」

ピップは鼻にしわを寄せた。フディーニはブドウを平らげた。ピップは自分の体重のことは悩むくせに、フディーニの体重は心配していないみたい。彼は、見たことがないくらいのブクブクハムスターに進化中だ。

「ようはね」お母さんはピップを無視して続けた。「ユルトは大きいの――八人まで寝泊りできるわ。だから、サッシー、友達を連れてきて、金曜日から日曜日まで、長い週末を楽しく過ごすのはどうかしら。最高でしょ。海のすぐ隣《となり》。どうかしら?」

「素敵!」コーデリアは叫《さけ》んだ。「きっとママも行っていいって言う。たまには一人の時間がほしいって嘆《なげ》いていたもの!」

「私は親に確認しないと」タスリマは言った。「もしワイルドさんから両親に話してもらえたら、きっとわかってくれると思います。ぜひ行きたいです。ありがとうございます」

「ほんと名案!」私は笑ってお母さんの首に腕《うで》を巻きつけた。「史上最高のお母さんだよ!」

「一つだけ」タスリマは静かに言った。「ユルトで寝られるのは何人まででしたっけ、ワイルドさん?」

「八人よ。つまり私とピップ――そしてもちろんブルースター――そしてサッシーとあなたとコーデリアで行くとしてもまだ余裕よ」

「その場合」タスリマはコーデリアと私を見て言った。「他にも誘《さそ》いたい人はいないかしら、サッシー?」

私はうつむいた。誰のことを言いたいのかはわかってる。

「タスリマの言うとおりかも」コーデリアは言った。「メーガンはまさに、フェニックス・マクロードの大ファンだもん。あの子を置いていくなんて、いじわるかも。スペースもあるしね」

お母さんは私を見た。「あなた次第ね、サッシー」

私はまたしても猛烈《もうれつ》なやきもちかいじゅうと格闘《かくとう》することになった。メーガンの名前があがるたびに沸き上がるのだ。

「考えてごらんよ、サッシー」タスリマは穏《おだ》やかな声で言った。「もしメーガン、私、コーデリアがサッシーを誘《さそ》わずに出かけたらどう思う?」

タスリマがそう言ったとき、ぎょっとした。〈でもそれは違うよ、タスリマ。タスリマと私とコーデリアは親友だもの。二人が私抜きでメーガンと出かけるなら、私は傷つく権利があるはず〉、と言いたい。

とはいえ、タスリマが正しいってこともわかる。せめてメーガンに声くらいかけないとすごく意地悪だ——もしかしたらメーガンが来られなくて、昔のように私と二人の親友だけ、なんてことをまだ少し期待している自分もいるけれど。

「いいよ」私はとうとう、やきもちかいじゅうを退治して、暗闇《くらやみ》へと追い払った。そしてひらめいた! ていうか、なんで思いつかなかったのだろう。「でももしメーガンが来るなら、ツイッグも来られるよね?」

「まさか!」お母さんは笑った。「これは男子禁制の旅よ。もちろんブルースターは例外ね。それと、お嬢《じょう》さん、あなたまだ十三歳だってことをお忘れじゃないかしら! 真剣《しんけん》なお付き合いには若すぎるわよ」

「やってみないとわからないでしょ」私は肩をすくめた。

「正しい決断をしたよ、サッシー」タスリマは電話を差し出した。「すぐにメーガンに電話しよう。気が変わる前にね」

ということで、メーガンに電話した。彼女は喜んでいた。そしておかしなことに、彼女が喜んでいるのがわかって、やきもちかいじゅうを克服したことをうれしく思ったのだ。結局、週末一回分だけだし。それに小さい頃は、彼女ととても仲よしだったのだ。きっとタスリマとコーデリアが正しい。きっとメーガンはいい人なんだ。そしてきっと四人グループもうまくいくのかも。友情の四角形って、三角形ほどのゴロのよさはないけど、ね?

ティータイムの頃には、計画がすべて決まった。まず第一に、出発は金曜の朝。お母さんが友達のおかしなヒッピー▼のキャシーからキャンピングカーを借りられることになったので、みんなで一緒に旅ができる。そしてさらに、キャシーの車は海藻でできた最新のバイオ燃料▼で動くから、ガソリンやディーゼル▼よりも環境の負荷が少ないのだ。お父さんはお家に残り、リビングで国を治めたり、フディーニの世話をしたりする。

そして来週の土曜の夜には、人生初のライブをするんだ!

▼ 1960年代に現れた若者文化。カラフルなファッションが特徴。戦争反対や平和を訴えたほか、社会の伝統的なルールを否定した。
▼ トウモロコシ、使用ずみの天ぷら油、家畜のフンなど、動植物から生まれる燃料。ガソリンや石油の代わりの燃料として注目されている。
▼ 自動車のエンジンの一種。

17章

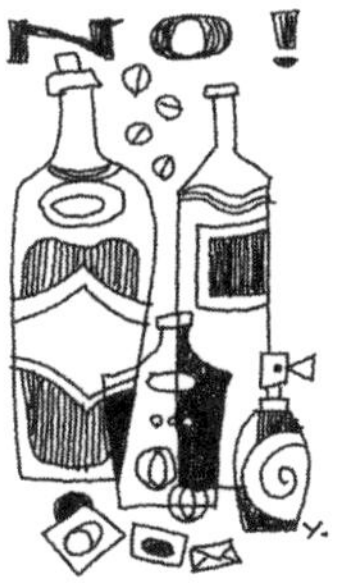

その夜、お父さんは私をリビングに呼んだ。お父さんは真剣《しんけん》な父の顔をしていたから、何があるのかと構えていた。案の定、お説教をくらった。

どうやら、私はウィッカマンで非の打ちどころなくいい振る舞いをしていないと、一生涯、外出禁止になってしまうらしい。

「学校行くのも禁止？」ワクワクしながら聞いた。「ひいおばあちゃんの家も？」

「サッシー！」お父さんは鋭《するど》く言った。「私は死ぬほどまじめだぞ。私だって昔は若かった。そういうフェスティバルで何が起こるかわかるし、若い女の子に危険なことだってあるんだ」

「はい！　はい！」私はクスクス笑った。「落ち着いてよパパ！　ただの冗談だったの」

「それと、何があっても、酒は飲んじゃだめだ。一口も。わかったな？」

「誓《ちか》いますお父さん、絶対にお酒なんて飲みません」ため息をついた。嘘《うそ》でしょ！　お酒なんて大嫌いなのに。四歳のとき、お母さんのジントニックをなめたことがある。最高にまずかった。香水を飲んでる感じ。[*13]

「それと、ドラッグもだ。どんなドラッグも触っちゃいけない。それに知らない人から何ももらっちゃいけない。お菓子《かし》に見えても、お菓子ではないかもしれないからね」

「ねえ、お父さん」私はできるだけ辛抱《しんぼう》強く説明した。「私、お菓子《かし》なんて食べないよ。あんなの、添加物《てんかぶつ》だらけで、言ってみればドラッグだよ。鼻が溶けちゃった惨《みじ》めなシンガーになるためにあやしいものを嗅《か》いだり吸ったり浴びたりするつもりなんて一切ない。酔っ払いになるつもりもないし、パンツを他人に見せるようなこともしない」

お父さんは口をあんぐり開けた。普段お父さんの前で「パンツ」なんて言葉、使うことはない。

お父さんは大きな咳払いをした。「よかった。それを聞いて安心したよ。サッシーのことを思って忠告したんだ。こういうたぐいの音楽は、刺激が強いからな」

「それに、私そんなに簡単に人に流されないよ」私は言い返した。「自分のことはわかってるから！」

「ええ、そうね」お母さんがちょうどやってきて、お父さんの椅子《いす》の肘掛《ひじかけ》に腰かけて言った。「アンガス、海水浴へ行ったときのことを思い出して。タダでアイスクリームを配っていた

＊13　香水は5歳のときに飲んじゃったの。ちなみに本当にアルコールが入っていることもあとから知った。

とき、他の子どもたちは大はしゃぎだった。あなたはサッシーもアイスをもらってくるように言ったわ。なのに、サッシーは断った。「アイシュなんかイヤナイ。おなかいっぱい」、って。食べ損ねたことを、あとで後悔して泣き出すだろうと思っていた。でも、違ったわ」

お母さんは、しばらく夢見心地な様子だった。私とピップが小さかった頃のことを語るときいつもこうなるのだ。ときおりお母さんは、あの頃が人生最高の日々だった、とすら言う。私は、鼻たれおもらしキッズ二人をひっきりなしに追いかけることよりもいいことがあるはずだと思うけど。

「よし」お父さんはついに言った。「それじゃ、サッシー、**私の**娘として、完ぺきにいい子でいてほしいということ、わかっているね?」

私はうなずいた。

「声に出して言いなさい」お父さんは厳しく言った。マジで! お父さんは政治家になる前、弁護士だったけれど、ときどき私が被告人じゃなくて我が子なんだってこと、忘れているんじゃないかしら。

私は右手をあげ、単調な声で唱えた。「私ハ、オギョーギヨク、ダレニモ流サレズ、アルコールヤドラッグヲヤラズ、ワルイ人ト話サナイコトヲチカイ――」

「サッシー!」お父さんはさえぎった。「まじめに考えてくれ!」

「もちろんまじめだよ！」私は可能な限りまじめな声で答えた。

「でも楽しんでほしいわね！」お母さんは叫《さけ》んだ。

「いや、だめだ！」お父さんは反対した。

お母さんはお父さんをにらんだ。「落ち着いてくださいな！　何も心配いらないでしょう、アンガス。私も行くのよ、目をギラギラ光らせてね。何を心配しているのか、さっぱりわからないわ！」

「それなら」お父さんは微笑《ほほえ》んだ。「楽しんでおいで」

私はよろよろとリビングを出ていった、体をシュレッダーにかけられたような気持ちで。なんだか悪い気持ち！　何も悪いことをしていないのに。階段を這《は》い上がりながら厳然たる誓《ちか》いを掲《かか》げた。もし将来子どもができたら、絶対絶対こんな思いをさせない。かなり簡単なことだ。こんなことも理解できないのは、うちのバカげた両親だけだろう。

親になったら、私はただ我が子を信頼したい。

18章

一週間、放課後に毎日ギターをがむしゃらに練習する。

天気がよかったし、ウィッカマンのフェスティバルは野外だから、庭でリハーサルをすることにした。そう、感じをつかむためにね。そしたら、信じられる? 私のギターはアコースティックなのに——つまりギターアンプなんてつけていないのに——偏屈《へんくつ》なお隣《となり》さんが、騒音だなんて苦情を言ってきたの! お隣さんこそ、バーベキューのときに一度に牛を半頭焼いて立ちのぼるおぞましい臭いをなんとかしてほしいよ。

タスリマはフェスティバルに行くためにお母さんを説得するのに苦労していた。学校も何もかも、休まないと訴えたけれど、それでもアンカーさんはいいと言ってくれなかった。とうとう、お母さんが電話して厳しく見守ること、男の子やドラッグやアルコールに近づけないことを約束するはめになった。ようやくアンカーさんは諦《あきら》め、お母さんは気を取り直すために強いジントニックを飲もうと腰を下ろした。

夕方、私たちが解散する前にお母さんとピップはパラディソ（キャッチコピーは「天国のようなお買い物体験を」）へ出かけて週末の食べ物やジュースを買おうとしていた。

私は、もちろん、一緒に行くことを断った。パラディソは国内で最大のスーパーマーケットチェーンで、以前私は取締役《とりしまりやく》に指摘をしたことがあるんだけど、プラスチックの容器を使いすぎているからとてつもなく環境を破壊《はかい》している。養鶏場《ようけいじょう》で卑劣《ひれつ》な扱いを受けているニワトリの卵を仕入れ、体に異常をきたしたり、もっとひどいことが起こりそうな遺伝子組み換えの食品を売っていて、社員に払う給料はスズメの涙。*14

「はい、はい、はい！」お母さんはドアからピップを引きずり出して後ろ向きに歩いている。「政治の話はよして！　食べ物が必要でしょ、サッシー。だってフェスティバルで売っている食べ物は鬼のように高いの。だからサッシーは留守番してて、サッシーの信念は守って、私たちは買い物に行くから」

二人が出かけたあと、私はステージで何を着るか、最終チェックをした。昨日の夜、コーデリアとタスリマー――それとメーガン――が来た。三人はすごぉおく興奮《こうふん》していた。

それぞれが、私に着せるために服を持ってきてくれた。メーガンはショッキングピンクでタイトミニのドレス。みんなはすごく決まってるって言ってたし脚も長く見えたけれど、ギターを手に取り少し弾いてみると、問題が明らかになった。

＊14　もちろん、たとえの言葉。

「あら、やだ！」メーガンは息をのんだ。「何も履いてないみたくなっちゃった！」

私はもう少しギターを弾き、腰を動かした。

「もうパンツも見えてるよ！」コーデリアは笑いのツボにすっかりはまりこみ、戻《もど》ってこられない様子。

「まあ、くっきりピンクはサッシーらしくないか」タスリマは鼻にしわを寄せた。「誤解《ごかい》のタネをまいちゃうもの。ピンク色のタネを」

「マグナスは絶対気に入る！」コーデリアは一瞬だけ笑うのを止め、そう言った。「電話しようかな！」

「お願いだからよしてよ！」私はドレスを脱ぎ、メーガンに返した。「ありがとう、メーガン。素敵なドレスだけど、演奏中にパンツを見せてデビューするのはごめん！　ちょっとアリゾナ・ケリーみたいで！」

「はい、はい、はい！　私のも試してみて」コーデリアは涙を拭いてトートバッグから赤紫のキルトを引っ張り出した。「最近こういうタータン柄にはまっているの。ほら、スコティッシュテリア風のゴシックスタイル」（コーデリアのものは全部とびきり素敵で、自分でデザインして作っているからすごく個性的。）

そして私はスカートに足を通し、それにピッタリのレースの紫のトップスを着た。コーデリアは紫の網タイツと膝《ひざ》まで編み上げたドクターマーチンの黒いブーツを履くように勧めた。そして彼女はダイヤのついた赤く小さな犬の首輪を私の首につけ、同じデザインの小さな物を腕《うで》にもつけた。

私は鏡を見つめた。私は仮装グッズのお店に解き放たれた子どものように見えた。なにしろ似合わない。今度はメーガンが床を転げ回って狂ったように笑った。

「不思議なのが」メーガンは鼻を鳴らして笑った。「コーデリアが作るものって全部、本人が着るとすごく可愛《かわい》いのに他の誰にも似合わないのよね！」

「きっと私たち、本能的に自分に似合うものを着ているんだね」タスリマは自分が持ってきたドレスを丁寧にたたみ、小さな整頓ケースに入れた。「だからいつもの服を着るべきだよ、サッシー。自分が好きなものを。ほら、カーゴパンツとかジーンズとか。ベストとかTシャツとか」

「賛成」とメーガン。「サッシーの着るものが、サッシーらしさだもの。ワイルドでナチュラルなもの」

だから、ちょうどベッドの上にあった、自分のズボンとトップスを合わせてみると、ステージでの格好に一番よさそうだと思えた。最終的に、タイトなブルージーンズと、空色のなかにモコモコな白い雲が浮かぶベストを選んだ。首飾《かざ》りには、シンプルな銀のチェーンに小さなイルカの飾りがついたものを選んだ。私はジーンズの裾を膝までまくりあげた。そしてギターを手に取り鏡の前でポーズをとった。問題なさそう。これで充分。それと、裸足がいい。たぶんいつも裸足で演奏できたらいい。

とにかく、大切なのは歌うことで、見た目はどうでもいいんだ。服をすべて脱ぎ捨ててボストンバッグへ詰《つ》めながら、自分にそう言い聞かせた。

夜の九時を回ろうとしており、台所で何かつまみぐいできるものはないかこそこそ歩いていると、玄関の呼び鈴が鳴った。

「私出るよ！」そう叫《さけ》び、自分には関係のないお客さんだと思っていたから、マフィンを口に詰めこんでいた。ドアを開けると、そこにツイッグが立っていた。彼は気恥《きは》ずかしそうに笑い、私の心臓はバックフリップを繰《く》り広げたあと、危なっかしく着地した。

台所へ向かおうとすると、ツイッグは玄関に高く積み上げられたリュックサックを顎《あご》でさした。「荷造りはもう全部終わったんだ？」

「そう、あとは出発するだけ」

「なら他のものを持っていくスペースはもうないかな？」彼は前髪《まえがみ》の奥で笑った。

「お母さんがツイッグは来ちゃダメだって。頼んだんだけどね」

「それは残念」彼は悲しいピエロみたいに顔を曲げた。「でも、これを持っていくスペースはあるんじゃないかな」ツイッグは背中に隠していた小さな包みを私に差し出した。

包みを開けた。綿の白いTシャツだ。前側は、**パラディソをボイコット**とある。ひっくり返して裏を向けた。惑星《わくせい》、地球の絵が、美しい青と緑、宇宙から見えるべき姿で描かれていた――けれど大きく不吉で黒い虫がその上にひっついており、地球を食い尽くそうとしている。惑星《わくせい》の上には**パラディソは**とある。下にはこうあった。**パラサイト**。

「メーガンのお古だったんだ。で、再利用した」ツイッグはニヤリとした。「で、絵も描いたよ、もちろん」

ちょうどそのときピップがドタドタと階段を降りてきた。

「パーラー、サイトって何？」と尋《たず》ね、ツイッグが私にくれたTシャツをまじまじと見た。

「他の生き物をエサにして、食い尽くしても何もお返ししないまま生きる生物さ」ツイッグはそう言ったけれど、ピップはますます混乱しているみたいだ。

「ブルースターの毛のなかにダニがいると」私は説明した。「ブルースターの血を吸って大きく太るのに、ブルースターには何もいいことをしてあげないでしょ」

「わからないよ」とピップは言った。「なんでスーパーがダニみたいになるの？　ダニは小さくて、スーパーはおっきいじゃん。まあ、どうでもいいや」ピップは髪《かみ》をバサッと払い、クルクルといじった。「私の新しいドレスどうかな？」

ツイッグと私はピップがスーパーモデルのキャットウォークみたいに台所を歩く姿をじっと見た。

「新しいドレス？」私は息を呑んだ。「どうしてあんたが新しいドレスを買ってもらってるのよ？」

「だって私がお母さんとお買い物行ったもん」ピップは微笑《ほほえ》んだ。

「それパラディソで買ったの？」私は驚いて聞いた。

「ええ、そうよ」シルクのガウンを着たお母さんがゆらりとやってきた。髪の毛は頭の上でうず高く盛り上げられ、なにやら深緑色の変なペーストがぬりたくられている。「それと、聞かれる前に、これはヘナよ。自然な髪染《かみぞ》め。あと数分したら流すから」

「でも**緑**じゃん！」私は思わず言った。「**緑**の母親だったら、どこも一緒に行かない」

お母さんは気の毒そうに私を見た。「これを洗い流すのよ、おボケさん。そしたら髪の毛はきれいで豊かなとび色になるの。見ればわかるわ。若い頃は、ヘナを使っていたのよ」彼女はツイッグのデザインしたTシャツを見て固まった。

「**パラディソはパラサイト**」彼女は読みあげた。「つまりあなたもサッシーに洗脳されたのね、ツイッグ？」

「そんなことありません。パラディソがやりたい放題人殺ししてるのはみんな知っていますよね」

「人殺し？」お母さんは笑いながら、お茶を作ろうとヤカンに水を注いだ。「ちょっと大袈裟《おおげさ》なんじゃない？」

そのときお父さんが台所にやってきて、ピップはお父さんに向かって髪《かみ》を振り上げ、何度かクルクルと回ってみせた。

「人殺しではなかったとしても」ツイッグは認めた。「それと同じくらい悪いことです。パラディソは服を作るために搾取《さくしゅ》工場で小さな子どもを働かせているんです。子どもたちは悲惨な状況でとても長い時間働かされて、ほとんど給料をもらわない。そうやって商品の価格を下げ続けているんです」

「ツイッグが言ったことって本当なの、アンガス？」お母さんはお父さんに聞いた。「このことについて、何か知っている？」

お父さんは重々しくため息をついた。「証拠がある。そうだ。それとドレスが素敵だね、ピップ。ピップらしくて」

「ならどうして誰も私に教えてくれないのよ？」お母さんは怒りながら続けた。

「えっと、私は言おうとしたことが――」私は言いかけたけれど、お母さんは聞いていない。

「どうして新聞に書かれていないの?」お母さんは話し続けた。「つまり、**もし**私が知っていたら、**絶対に**このドレスをピップに買ってあげなかったのに! ピップと同じくらいの年の子どもがこれを作るために長時間働かされているかもしれないなんて! 虫唾《むしず》が走るわ」

「パラディソはかなり権力があるんだ」お父さんはため息をついた。「ただのスーパーマーケットではないんだ。新聞やテレビ局も経営している。たくさんのメディアを動かしているんだ」

「ならあなたたちはどうやって搾取工場のことを知ったのよ?」お母さんは私とツイッグに尋《たず》ねた。

「インターネット」と私は言った。

「奴隷《どれい》を防ごうドットコムみたいなウェブサイト」ツイッグが付け加えた。「見つけようと思えば、情報はそういうところにあります。でも、正直、ほとんどの人はそれよりも安い服を買いたがるみたいです。あまり疑問をもたずに」

するとピップがふりふりピンクのガウン姿で台所に戻《もど》ってきた。おごそかに、彼女はパラディソの袋をお母さんに手渡した。

「これは何?」とお母さん。

「あのドレスだよ」ピップは静かに言った。「パラディソに返そうよ。ほしくない。小さな子がこれを作らされてるのは嫌」

私はピップを見つめた。ファッション狂いで買い物中毒だった妹が、本当に？

お母さんはピップをしっかり抱きしめた──そしてもう少しで髪《かみ》から緑のベトベトがピップにかかるところだった。ピップはお母さんを押しのけた。

「ほら」ピップはツイッグに微笑《ほほえ》みながら言った。「サッシーとあなただけがえらいことをできるってわけじゃないんだから。私だってエコ戦士になれるの！」

「ピップは世界で一番の妹だよ」私はにこりと笑い、ピップの頬《ほほ》にキスをした。

「だよね。それに一番美人！　だから美容のためにそろそろ寝ないと」

そうして、ピップはくるりと二回転して、おやすみと手を振った。

19章

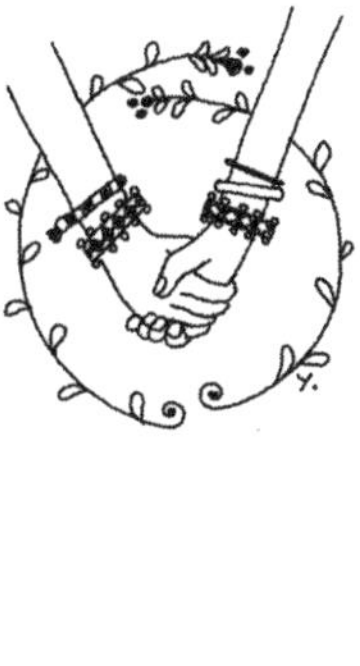

ツイッグと私は台所にすっかり居座っている親たちから逃げるために外でぶらついた。夕暮れどきで、柵《さく》の隣《となり》のバラやスイカズラの香りがあたりに立ちこめている。

私たちは庭の奥にある古いブランコまで歩いていった。私はブランコに座りゆっくりと前へ後ろへ揺《ゆ》れた。ツイッグは私を見下ろして微笑んだ。

「このTシャツ大好き」普通に聞こえるように言おうとしたけれど、おつむが軽いような感じがした。「土曜の夜にステージで着るね。完ぺき。声明を出してるみたいじゃない、ほら、何も言わずともね」

「フェスティバルに行けたらよかったのに」彼は静かに言った。

「私も来てくれたらよかったのにって思うよ」私は彼を見上げて笑った。

「本当？」

「どういう意味――本当？って」私の笑った声は、しんとした夕方の空気のなかで不自然にうるさかったみたい。

「ただ……」彼はそう言ってから、黙《だま》った。

「ただ、何よ？」

「えっと、色々なことが変わっていくのかなって。フェニックス・マクロードみたいな人に会って……」ツイッグがうなだれると、前髪《まえがみ》がなびいた。

「だから？」

「だからその世界で、僕のことはいらなくなるだろ」彼はブツブツ言った。

私がいきなり立ち上がったから、ツイッグと同じ目の高さになった。彼が顔を上げ、その眼差《まなざ》しを受け止めると、世界はクルクルと回るようだった。

「フェニックス・マクロードなんか興味ないよ」

「ないの？」

「ないよ」私は微笑《ほほえ》んだ。そしておちゃらけながら付け加えた「どっちみち、フェニックス・マクロードは年上すぎるよ。少なくとも十五歳だったはず！」

「メーガンは年上すぎるとは思ってないよ。理想の男だってさ」

「でも、私は違う……私はツイッグにフェスティバルに来てほしいの」

私たちの上空はほぼ真っ暗になっていた。

「願い事する?」ツイッグは木の上で高くきらめく小さな一粒の星を指さした。

一番星にお願い事をするのは大好きだ。小さな頃は、子どもっぽいことを願っていた、新しい自転車とか、ペットのうさぎとか。今なら、もっと大切なことをたくさん願うことができる。世界平和とか、動物虐待《ぎゃくたい》がなくなることとか、地球温暖化にならない燃料を誰かが発見するとか、ガンの特効薬とか。

でもどれもお願いしない。今回は。だって他の何よりも願いたいことがあるから。私だけのための、特別なこと。

ツイッグは私の手を取り引き寄せ、私は彼の息が頬《ほほ》にかかるくらい近くに立っている。

私は星を見上げて願い事をした。静かに。

「それで、何をお願いした?」ツイッグはささやいた。

「言えない」私はそっと言った。「だって叶《かな》わなくなっちゃうから。とっても大切なことだから、台無しにしたくないの」

ツイッグはしばらく考えこんだ。「プラチナ・ディスクとかそういうのを願ったんじゃないよね?」とからかった。

「ううん」と私。

そして私たちはピクニックテーブルに並んで座り、手をつないだ。空がまるでダイヤモンドを混ぜこんだ青黒い海のように変わるまで。

「ツイッグ」私は暗闇《くらやみ》のなかで言った。

「うん？」彼は優しく返事をした。

「ツイッグは私の彼氏？」私はおずおずと聞いた。

彼は前髪《まえがみ》の奥で目を細め、そしてしっかりと握《にぎ》られた二人の手を見下ろした。

「そのようだね」彼は微笑《ほほえ》んだ。「君は僕の彼女？」

「うん、そうだよ」私は手首をあげた。「だからツイッグからもらった友情のブレスレットをつけてるの」

「そしたら、フェスティバルから帰ってきたら、また会えるよね？」

「うん」私は微笑んだ。「きっとね」

そのときお母さんが勝手口のドアを開け、ブルースターを夜の空気を吸わせるために庭に放した。

「行かなきゃ」ドアから金色の光が漏《も》れ、芝生《しばふ》にかかっている。ツイッグは立ち上がり私の手を放した。「フェスティバルで輝《かがや》けますように」

「頑張るよ。このTシャツを着るね。お守りとして」彼の顔が私の数インチ先にあり、彼がキスをするのかと思った。そのときお母さんがブルースターに向かって叫《さけ》び、ツイッグは深い暗闇《くらやみ》へと消えてしまった。

私は庭に残り、ゆっくりとブランコを前に後ろにこぎながら、キラキラと散りばめられた星、ミルク色の月を見上げた。

そして、一番星の願いがすぐに叶《かな》わなくてもいいと思った。だってツイッグは私の彼氏で、私は彼の彼女なのだから。もうこれで正式に。

だから彼がキスするまでは、時間の問題……そうでしょ?

20章

次の日の朝、お母さんはウィッカマンへ行く途中でパラディソに寄って、ピップの不必要なドレスを返さなければいけないと言った。そうしないと、ドレスを持っていくのが週明けになってしまい、返金が難しくなりそうだとお母さんは力説した。

それで、みんながリュック、ギター、ピップのピンクの小さなコロコロスーツケース、ブルースターと犬用のボウルを持ってライトバンに乗りこみ、お父さんのためにトイレットペーパーの保管場所、電子レンジの使い方、フディーニに何を食べさせ、――そして何を食べさせてはいけないか――の最終確認をしたあと、お母さんはエンジンをかけ、私たちはガタンゴトン、と出発した。

お母さんはとびきりきれい、ヘナで染めた髪《かみ》は太陽の下で豊かな栗色に輝《かがや》いていた。服もいつもとは違って、持っていることさえ知らなかった古着を引っ張り出してきたみたい。クリーム色のチーズクロスでできたブラウスに、カフスには小さな鈴がついていて、手を動かすたびにりんりんと音が鳴る。パッチワークの軽やかなロングスカートに、小さなダイヤのついたフラットサンダル。**さらに**お母さんはジュエリーも忘れていない——バングルにイヤリングに、ネックレス。完全にヘンテコだけれど、それが魅力的に見える。

いつもどおり、パラディソの駐車場はごった返している。お母さんはようやくライトバンを一角に止め、私たちは車から抜け出した。だけど、お母さんはピップのドレスを入れたカバンが見つけられなかったので、コーデリアが車に戻《もど》り、超能力で見つけることになった。ついに彼女はブルースターの下からドレスを見つけた。少し潰《つぶ》れていた——そして温かかった——なのでタスリマがシワをのばし、犬っぽい香りがしないようパタパタしてから袋に戻《もど》してお母さんに手渡した。

このとき、メーガンはもう一度トイレに行くと言った。出発するときにすでにみんなトイレに行っていたのに——お母さんの命令で——。私たちはライトバンを閉め、私はみんながパラディソに行く間にブルースターに新鮮な空気を吸わせた。

メーガン、コーデリア、タスリマがトイレに向かう間、ピップはお母さんと一緒にお客様サービスカウンターへ向かった。「すぐにすむから」お母さんは言った。

五分後、私はまだドアの近くでブルースターを新しい素敵な黄色いリードをつないだまま待っていた。

さらに五分後、コーデリアとメーガンとタスリマがトイレから戻《もど》ってきて、私と合流した。さらに五分が経った。お母さんからもピップからも、音沙汰《おとさた》がない。

「探してくる」ついに私は言った。「きっとお母さんが何か買い足してるのかな」

私たちはあてどなく店内を歩いた。結局、お母さんをお客様カウンターで見つけた。手に負えなさそうな感じだ。

「そこまで頑固にならなくても！」お母さんは歯をぎりぎりさせながら言った。（これは危険信号。）お客様カウンターの制服の女性は威張《いば》った様子で冷たい目をお母さんに向けた。

「すでに申し上げましたが、お客様」彼女はドレスをたたんでキャリーバッグに戻《もど》すと、カウンター越《ご》しのお母さんに押しつけた。「タグは切られています。ご購入のレシートもお持ちでないですね。返金することはできません。それと」彼女はすました態度で笑った。「お嬢《じょう》さんがまだこれを着ていないという証拠がありますか？」

「だから着ていないって言ったじゃないですか！」お母さんがそう言い返して腕《うで》を振ると、まるで鈴と一緒に、怒りもカンカンと音を鳴らすようだった。

「それで、そのお言葉を信じろということですね？」お客様カウンターの女性は文句がありそうな顔つきでお母さんを見た……そしてピップにも……そして私たちにも。

「そのとおりです！」お母さんは言い返した。「そもそも、なぜもう少し――」

「そうですね、私どもは、あなたのようなニューエイジ・ヒッピー▼から、ひどい目にあったことがありまして」お客様カウンターの女性は見下すように言った。それからパラディソの制服を着た、大きくどっしりした守衛さんに合図をした。「ビル」彼女は呼んだ。「この人たちを外で見てくれるかしら！　それと、お客様」彼女はお母さんに言った。「おそらくお子さんに字を読むことを教えてはいかが？」彼女は壁《かべ》にある「犬禁止」という看板を指さした。「パラディソの店内には犬は**入れません**。衛生の観点で」彼女は見下すように付け加えた。「あなたのようなタイプの人はわからないかもしれないですけど！」

　守衛の人が私たちのほうへ来た。お母さんは今にもお客様カウンターの女性を揺さぶろうとしていて、私が〈そら、これで終わりだ、お父さんの政治家としてのキャリアが〉と思ったときに、コーデリアが私の腕《うで》をつかんだ。

「すみません」彼女はかなり大声で守衛にそう言い、周囲の人たちは立ち止まって振り返った。「ブルースターは**盲導犬**です。指を近づけたら噛《か》みつくように指示を出せますし――**あと**新聞にのりますよ」

　人々は私とブルースターを見つめた。

「ほらサッシー」コーデリアは言った。「外に出るときはメガネをかけないと」そして持っていたサングラスを私にかけた。

▼　1970年代に現れた、神秘主義的な考え方。スピリチュアル、科学、古代の哲学や東洋思想など様々な要素が混ざっている。

「それと」ピップはお客様カウンターのスタッフにはっきりと、優しい声で言った。「私たちはニューエイジ・ヒッピー**じゃない**の。私たち、病気の子どものためのおひさまホームから来たのよ。そこの駐車場に停めてある車がそう。横に虹が描かれているやつ。自分たちでペイントしたのよ、だけど……」ピップは声を詰《つ》まらせ、顎《あご》は小さく震《ふる》えた。劇での演技力を使っている。コーデリアはピップを守るように腕《うで》を回した。

「悲しまないで、おチビのピップ」コーデリアは言った。「わかっているでしょ、ストレスがよくないって……あなたの体調に……」

いよいよ私たちの周りに人だかりができ、心配そうな顔をしながらどよめき出した。ビルという名前の守衛はどうすればいいかわからずにお客様カウンターの店員を見た。何人かの人が携帯を取り出し、一部始終を動画に撮《と》り始めた。

「カールへアの子が盲目なんだって」通りかかった男性に女性がそう教えるのが聞こえた。「盲導犬がいるからって、あの子を追い出そうとしたみたい」

私はまっすぐ前を見つめた。コーデリアがサングラスをかけてくれてよかった。心臓は早くなり、口はカラカラになった。学校の人が私に気づいたら？　誰かが〈やあサッシー、何見えないフリしてるんだ？〉なんて叫《さけ》んだら？

「もう施設に戻《もど》るので、返金してもらっていいかしら？」お母さんはちょうどやってきた、汗だくのマネージャーにそう言った。

「やっぱり」メーガンは甲高《かんだか》い声をあげた。「パラディソは盲目の子どもを追い出すお店だってこと、知られたくないものね！」

人々のざわめきは増え、マネージャーはますます汗をかいた。

それからタスリマが私の腕をしっかりとって出口へと誘導《ゆうどう》してくれた。そして私はつねに前を見つめるように気をつけながら脈が早くなった、だって盲目の人を真似するなんて、軽蔑するようなことだし、もしつかまったら非行歴が残って、みんなから一生指をさされてヒソヒソされるの、〈そう、あの子よ……〉って。

タスリマがスライドドアのところまで私を連れていってくれたとき、ブルースターが小さな子どものアイスキャンディーを食べようとしてすべてが台無しになりかけた。

「まだトレーニング中なの」メーガンはその子のお母さんに笑いかけ、タスリマは私を前に押した。それから私たちはバンに乗るまで静かに、堂々と群れをなして歩いた。バンのなかではみんなが床で笑いころげていた。

「何がそんなに面白いのかわからない、トラウマになったよ。きっと立ち直るためには何ヶ月もセラピーが必要」私は言った。

数分後、お母さんが乗りこんできた。「ほらどうぞ」にこりと笑いながら、スナック菓子《がし》とジュースとチョコレートバーの入った大きな袋をポイと投げた。「お客様カウンターが謝ってくれたの——それで病気の子どもたちへのご褒美《ほうび》よ。さあもう行きましょう!」

お母さんはヒッピーみたいなブレスレットをシャンシャン鳴らしながらエンジンをかけ、ドドドと音を立てながらついにウィッカマン・フェスティバルへと向かった!

21章

旅の序盤《じょばん》はずっと高速道路だった。ピップがお母さんの真横に座ってしばらく経ち[*15]、ピップの機嫌をとるためにみんなで奇妙な連想ゲームをした。みんなが旅に備えてCDを持ってきていたので、ピップが音楽係を引き受けることになった。それぞれが三曲ずつ選んで順番に流すようにしたのだけれど、ありえないことに、メーガンは毎回フェニックス・マクロードの同じ曲を選んだの!　ついには、他の曲を選ばないと車を停めて外につまみ出すってみんなで脅した。(フェニックス・マクロードが最高だってことは間違いないけれど。)

ようやくお母さんは高速道路を抜け、車はうねうねとした田舎道へと放り出された。キャンピングカーはどんどん暑くなり、窓を開けようとしたけれど、壊《こわ》れていて一ヶ所しか開かなかった。みんなをクールダウンさせようと、タスリマは車の後ろを探り、ジュースが何カートンも詰《つ》まったピクニックバッグを引っ張り出した。私たちはジュースをやかましくすすった。それからパラディソでもらったお菓子《かし》の袋をあさり、私は詰め合わせの袋のなかからミ

＊15　ひいおばあちゃんの家へ行ったときの一件があったので、お母さんはピップに目を光らせている。

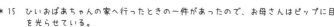

ミズの形のグミを取り出しムシャムシャと食べた。

フェスティバルは海沿いの農場のなかで開かれる。数マイル進んだだけで看板がたくさん見えるようになってきた。最初にフェニックス・マクロードの宣伝ポスターを見たとき、メーガンが叫《さけ》んでお母さんは危うく木に突っこむところだった。

そのあとみんなは口々に高鳴る気持ちを語らった。メーガンは、「ああ、マジでうらやましいよ、サッシー！　本当の本当にフェニックスと一緒のステージに立つなんて！　ヤダァ！　なんて幸せ者なの！」と言った。

確かに私は幸せ者だ。でもフェスティバルが近づくほど、みんなはますますフェスティバルの素晴らしさを語り、私はますます何百人もの人の前でステージに上がらなければならないことを考えた。そしておかしな腹痛が始まったのはそのときだった。

「お腹を壊《こわ》すのも無理ないわね」お母さんが言った。「ミミズのグミを一パックまるごと食べちゃったんですもの！」

「それか寄生虫かもしれないわ」タスリマは顔をしかめた。「ピボディ先生が持ってたやつ」

「あら、寄生虫じゃありませんように！　そうじゃないと明日の夜、サッシーが歌えないもの」お母さんは慌てて言った。

ちょうどそのとき、私たちはまたフェニックス・マクロードの大きなポスターのそばを横切り、コーデリアはメーガンの口をしっかりとふさいだ。「交通安全のためにね」メーガンが指の隙間からキイキイ言うなかでコーデリアはニヤリと笑った。

ポスターは巨大で、フェニックスは生き生きと微笑《ほほえ》み、深い色のカールヘアが真っ黒な瞳《ひとみ》にかかり、ポスターの上には大きな文字でこうある。**フェニックス・マクロードのウィッカマン・フェスティバル　土曜日七時三十分からメインステージ。**

「へえ！」ピップはむすっとふくれた。「サッシーは名前すらのってないんだ！」

「ほんとね」メーガンはコーデリアの手を優しくのけた。「でもすぐに！　ワイジェンがサッシーと契約《けいやく》したら、すぐそこに名前がのるよ、上のほうに――」

「そしたら私は言いふらすわ、『ええ、はい、サッシー・ワイルド？　私の娘よ！』」お母さんはおどけて、誇《ほこ》らしげな母のような気取った声を出した。

「そしたら私たちは言いふらすわ、『ええ、はい、私たち昔からサッシーを知っています！』」コーデリアがはやし立てた。

「『私たちなんかは、こんなに有名になる前から知っていましたよ！』」タスリマはそう付け足した。

みんなクスクス笑っている。楽しそうに。でも私は笑わない。ここへ来て初めてこのライブがどれほど重大か、気がつき始めた。もし失敗したら、自分だけの問題ではない。みんなをがっかりさせてしまう。突如《とつじょ》、お腹がコンクリートミキサー車のようにかき回される感じがし始めた。そしてそれは寄生虫のせいではない。ミミズのグミのせいでもない。緊張のせいだ！

ピップが振り返って私のほうを見た。「そんなに心配しないで」ピップは微笑《ほほえ》んだ。「スターになってもサッシーは変わらないよ。サッシーはこれからも、どうしようもないお姉ちゃんよ！」

そのときブザーが鳴り、エンジンが仰々《ぎょうぎょう》しく音を立てた。お母さんは道の脇の草むらに車を移し、ボンネットの下からは緑の煙がもくもくとただよっている。

「あらいやだ！」お母さんは手早くエンジンを切った。劇的に嘆《なげ》くような甲高《かんだか》い警告音が響《ひび》き、次第に静かになった。「キャシーが、バイオ燃料には問題があるかもって言っていたのよ」お母さんは申し訳なさそうに呟《つぶや》いた。「こういうことなのね。冷やすために、十分待つように、って言っていたわ」

私たちは静かに座り、車の小さな時計がチクタクとゆっくりと進むのを見つめた。車がビュンビュン通り過ぎてヒヤヒヤするし、太陽が肌をチリチリピンクにするから、エンジンの温度が下がるまで車内で待つしかない、とお母さんは言った。

「魚の臭いがしない？」タスリマは鼻を曲げ、お母さんはエンジンをかけなおした。

「バイオ燃料は海藻でできているのよ」お母さんは説明した。私のお腹は急激にひきつった。コーデリアは超能力で私の心を感じ取り、窓のほうへ私の頭を押した。私はありがたく窓の外に顔を向けて、肺いっぱいに田舎の空気を吸いこんだ。

「きっとイワシってこんな気持ちなのね」残り数マイルというところで、タスリマはあくびをした。「ほら、魚臭い缶詰《かんづ》めのなかに閉じこめられて」

ウィッカマンの農場に到着する頃には、みんな暑くてうんざりしていた。お母さんは小さな標識に沿って進み続け、小さな林の端っこに「ユルト広場」を見つけた。

「これだと思うわ、みんな!」お母さんがみんなに知らせ、ようやく三番ユルトで車を停めた。

私たちははしゃぎながら飛び出した。

コーデリア、ピップ、メーガン、タスリマはユルトを一目見ようと一目散に走った。お母さんはボンネットのなかを覗《のぞ》きこみ、キャシーのバイオエタノールエンジンから再び出てきた緑の煙を力なく見つめている。

私は？　私は近くのトイレに駆《か》けこみ、お腹のぐるぐるが単なるミミズのグミのせいだと願った。

22章

ユルトって最高！

ちょっとヘンテコなテントって感じ。だけど帆布《はんぷ》で覆《おお》われて、本格的な木のドアがあって、床には鮮やかな模様の織り物のラグが敷《し》かれ、布がかかった素敵なローソファ、そして深緑、深紅、くっきりした青色の刺繍《ししゅう》の入った大きなクッションがあった。

「『アラビアンナイト』みたい！」タスリマが幸せそうにため息をつきソファにもたれかかると、深い色の肌と大きな茶色の目が、まるで魅惑《みわく》的な東洋のお姫様のよう。「ロクム▼を持ってきて！」タスリマが色っぽくうっとりと言うもんだから、みんなはケラケラと笑った。こんなのタスリマらしくないんだもの！

「ソファはベッドとしても使えます」メーガンは『初めてのユルトユーザーへ』というパンフレットをコーヒーテーブルから手に取った。「また、帆布の側面はまくり上げることができ、光や空気をより一層とりこめます」

▼ 砂糖、でんぷん、ナッツから作られるトルコの菓子。

そんなわけで、私たちは側面をまくり上げることにした。お母さんが見えたのは、そのときだった。お母さんは一人じゃなかった。私たちの車のボンネットのなかを見ている男!

私はカメラをズームするかのように外をじっと見た。

「これは今まで見たことがないな」男は低いしゃがれ声で話している。「自分はバイク好きなもんで」彼は灰色のモジャモジャ頭を日の光にきらめく大きなバイクに向けた。私たちとは別のユルトのそばに停めてあった。「でももしよかったらちょっと見てみるよ、ね……」

お母さんは大きな笑顔を輝《かがや》かせた。「ヘザーよ」

「ヘザー」バイク男はその名前を初めて聞いたとでもいうように繰《く》り返した。「ヘザー」そして彼は立ち上がり、恋煩《わずら》いの子犬みたいにお母さんを見つめた!

どうにかしなくちゃ！　お母さんの年代は非常に危険だって、これまで見たメロドラマで知ってる。それにこの前『あなたのなかに眠るワイルドを解放』という自己啓発《けいはつ》書を読み終えていたばかりだ。私はブルースターのカゴを車の後ろから取った。

「お母さん！」私はとげとげしく言った。「これはどこに置こうか？」

「床かしら？　ハニー」お母さんは褐《かっしょく》色のカールヘアを夢見心地に揺《ゆ》らした。

「すみません」私は恋病バイク男を押しのけ、男がさっきまで立っていたところにカゴをドサリと置いた。「忙し、忙し、忙し！」

「サッシー！」お母さんは叫《さけ》んだ。「ユルトのなかっていうことよ。今お話し中なのわかるでしょ、ごめんなさいお名前を聞いてないわ」お母さんは鈴のブレスレットのついた手を伸ばした。

「僕はクリス」彼はお母さんと握手《あくしゅ》をし、不必要に長い時間握《にぎ》っているように思われた。「Chris じゃなくて Kris、Kで始まるクリスさ」

そして私はKで始まるクリスのもう片方の手をボンネットで挟《はさ》んでやろうと想像した――けれど暴行罪になるだろうし、私は暴力的な人間ではない――そのときユルトのなかから血の凍《こお》るような悲痛な叫びが上がり、ピップが走ってやってきた。

「お忙しいようだね」Kで始まるクリスはニコリとした。「子どもが寝たら飲みにでも行きましょう」

「飲みませんよ」お母さんが脚を押さえているピップのそばへ駆《か》けたすきに、私はKで始まるクリスにそっと告げた。「お父さんに禁止されてるから」

Kで始まるクリスは眉《まゆ》を上げた。

「治療《ちりょう》の妨《さまた》げになります」私は続けた。「リハビリ施設を出たばかりなんで」

「教えてくれてありがとう、お嬢《じょう》ちゃん」Kで始まるクリスが新たな目線でお母さんを見るなか、ピップはユルトのなかへと足を引きずりながら戻《もど》った。「かわいそうに。まあ、エンジンが直せそうかどうか見てみるよ」

彼のお母さんへの熱情がおさまり、両親の結婚生活を救うことができてうれしい。ブルースターのカゴをユルトに運び、どさりと置いた。

「ここに泊まらない！」ピップはめそめそ言っている。「鏡がないの！　どこにも！　**しかも**体重計がないの！」

「ピップ！」お母さんはきつく言った。「ここはユルトなの。キャンプみたいなものよ。もし鏡が必要なら、車のなかの小さなやつを使って。それに、体重計なんて一体何に必要なのよ？」

「体重が増えるかもしれないから」ピップは口を尖《とが》らせた。

「そんなのかなりバカバカしいよ、ピップ！」私は叫《さけ》んだ。「あんたってばそんなにやせっぽちなのに。あんたは体重を**増やさないと**いけないの！」

「そのままで完ぺきよ、ピップ」お母さんはピップをハグした。「だからもう見た目のことで思い悩まないで。あなたは九歳でしょ。楽しく生きなくちゃ」

そのときメーガン、コーデリア、タスリマが戻《もど》ってきた。九歳児のように。

「海、見つけた！」コーデリアが浮かれ騒いでいる。「水がすごくきれい。ヘザーさん、泳ぎに行ってもいい？」コーデリアは緑の大きな目でお母さんを見つめた。

「いいわよ！」お母さんは微笑《ほほえ》んだ。「ずっと暑いなかドライブだったから、行って涼んでいらっしゃい。その間に私はここのお片づけができるしね。でもまずは、サッシー、ブルースターを散歩に連れていって」

「なんで私？」

「あなたを遊ばせないためよ」お母さんは答えた。「思い上がってはだめよ？　スターだなんて思わないで。とにかく、ブルースターが心配だわ。バンでの長旅で、消化が乱れていると思うの。とってもデリケートだから」

「私の消化の乱れはどうなのよ？」私はブツブツ言った。まったく、お母さんは私よりも犬を心配するなんて！

「ブルースターは今日ずっと調子《パフォーマンス》が悪いの」お母さんは私を完全に無視して続けた。ブルースターのリードを取りつけて、トイレ袋を私の手に押しつけた。「出るまで、帰っちゃだめよ」

ブルースターのトイレ事情を表現するときにママが違う動詞を使ってくれたらよかったのに。私は、「パフォーマンス」は高尚《こうしょう》な芸術で、価値があって、私たち「パフォーマー」がやることだと思いたい。

「いいよ」私はため息をついた。「おいで、ブルースター。ユルトのそばに素敵な森があるよ。

木がたくさん。ボールもあるよ」

「もしよかったら、一緒に行こうか」タスリマが親切に言った。でもメーガンとコーデリアはすでに水着を半分着ていた。

私は頭を横に振った。「ううん、平気。行ってらっしゃい。あとで合流するよ」

「ほんとに?」メーガンは聞いた。「だって私たち、着替え直して一緒に行けるよ」なぜだかわからないけれど、メーガンが優しく思いやりのあることを言うとき、私はまだ彼女が誠実だと信じられない。きっとこれは私の問題。きっと、とてつもなくひどいあんな嘘《うそ》をつかれたせいで、信じるのが難しくなっちゃったんだ。

「ありがと、メーガン」私は素早く言った。「ほんと優しい。でも平気。まじで」

そうして、みんなはカラフルな模様のタオルにヒラリとくるまり、ケタケタと笑いながら外に出ていった。ユルトは沈黙《ちんもく》に包まれ、ブルースターは悲しくうつろな目で私を見た。実は、ブルースターはかなりお年寄り。なんと十五歳。つまり犬にとっては一〇五歳だから、消化器官が車での長旅と魚臭さとはしゃぎころげた女子だらけの環境で苦しんだことは驚くことじゃない。

「何か出すまで、帰っちゃダメよ!」お母さんはそう忠告して私をドアの外へシッシと追い払うと、草の上でキャンピングカーのエンジンをバラバラにしているKで始まるクリスに向かって小さく手を振った。

私は森のこもれびの間をあてもなくさまよった。木と空の緑と青が混じり合う。私は枝を見上げた。森にいるとツイッグを思い出す。今この瞬間、頭にナッツが当たったら、どんなにうれしいか。(もちろん、投げていいのはツイッグだけ。)

初めのうち、ブルースターは通り過ぎるすべての木を嗅《か》いだ。ときどき、足を上げようとするんだけれど、つまづいてばかりだった。[*16] まだらな影の上をさまよいながら、私はブルースターの消化が早く進むように念を送ったけれど、彼はただ草をぐいと引っ張って噛《か》むだけだった。

森の反対側に到着したけれど、彼はまだ、えーっと……調子《パフォーマンス》が出なかった。この場所からはステージが見える。技術や裏方の人たちが準備を整えているのを私はワクワクしながら見つめた。ドレッドヘアの男は、ステージの高くにある照明の上に乗り、スポットライトを丸っこい屋根に取りつけている。もう一人、背が高く痩《や》せていてタイトなブラックジーンズを着た男はマイクをいじっている。彼はときおり**ワンツー、ワンツー**と言った。彼の声がボーン、キーンと響《ひび》くなか、つるっぱげの男はステージ横で反響板《はんきょうばん》を設置している。

私は心を奪われるように見た。〈明日の夜、本当に自分が、ギター一つであそこに立つの?〉会場全体が人で埋《う》め尽くされてみんながステージを見るのがどんな感じなのか想像し

＊16　ひいおばあちゃんは自分のことを苦労してると思ってるみたいだけど！　いっぺん年老いた犬を経験してほしい。

ようとしたら、化学の授業中のガリ勉くんの手の動きと同じ速さで血圧が上がる感じがした。突然、こんな悪夢のようなシナリオが頭をよぎった、ギターの弦がすべて一気にちぎれたり、声が出なくなったり、マイクが爆発したりするの！　自分で作り上げた恐怖のあぶくに飲みこまれ、ブルースターがリードを引っ張っていたことに数分間気がつかなかった。そのとき、メインステージの前、すぐそこで、ブルースターがふんばっていた！

彼が用を足すまで、他人のフリをしようとした。めちゃくちゃバカげてるのはわかってる、私がリードをつかんでいるんだから。とうとう彼は体を起こし、後ろ足で草を蹴った。ブルースターのオトシモノは、まともに見られたもんじゃない。臭いもおぞましい。やっぱり旅のせいでお腹の調子が悪くなっていたみたい！　私はポケットからトイレ袋を引っこ抜き、吐き気が込《こ》み上げないように気をつけながら精一杯フンを拾った。

そして、そのとき一人じゃないことに気がついた。私を見ている男の子がいる。ステージのそばの芝生《しばふ》に。ショックだ。だって、ただの男の子じゃない。フェニックス・マクロードだった。

急いでトイレ袋を背中に隠し、ブルースターの犯行現場から離《はな》れるために、リードを引っ張った。なのに、愚《おろ》かなワンちゃんてば、何をしたと思う？　草の上にどすんと座りこんで、お尻《しり》歩きをしたの！　ほら、犬が……あの……カユイときにやるやつ。

「何歳なの？」フェニックスは私のほうへ歩きながら聞いた。私は彼をじっと見た。写真で見るよりもずっとかっこいい！　目の色は深く、まつ毛は豊かで、黒髪《くろかみ》はつやつやとカールを巻きながらおでこにかかっている。「君の犬？」フェニックスはしゃがみこみ、ブルースターの耳をくすぐった。「何歳なの？」

「ああ、十五歳よ」私は絶望的なトイレ袋を隠しながら、口をもごもごさせた。

フェニックスは私に笑いかけた。「僕と一緒だ」

そのとき裏方の人がフェニックスにステージに来るように手を振った。

「行かなきゃ」彼はにっこり笑った。「またね！」そう言い残し彼はステージへふらりと向かい、私は臭いフンの袋を握《にぎ》りしめたまま、これまでの人生で見たなかで最も美しい男の子を見つめていた！

23章

ブルースターをユルトに連れて帰り、**さらに**手を洗い、**さらに**ビキニに着替え、**さらに**きれいなタオルを見つけたところに、ベンとジンが到着した。

「ビーチをエンジョイしたのね?」ベンは私のビーチグッズを見てそう言った。「最高だよな? 僕たちもさっき一泳ぎしに行ったんだ」

実はまだビーチに行っていないんだ、と私が言う前に、ジンは一枚の紙をカバンから取り出し、私に手渡した。「数分ですむから」彼女はにこりと笑った。「そしたらすぐ自由時間よ」

「自由なのは明日までだけどね」ベンはクスクスと笑った。「大事な予定があるから」

私は紙切れをじっと見た。予定表だ。ジンはもう一枚、お母さんにも手渡した。

「それで」ジンは明るく言った。「計画を見ていきましょう。今日は金曜。今夜は初日だしもちろん、サッシーはお出かけを楽しんできていいわ。でも、明日は大事な予定があるの――」

「でも明日は友達と遊びたかったのに！」私は早口で言った。

お母さんはシッとなだめた。「ベンとジンの言うことを聞きなさい。これはすごいチャンスなのよ。彼らはプロフェッショナルだから、やり方を熟知しているのよ。友達とはいつでも遊べるでしょう」

「わかった、わかった！」と言ったものの、がっかりだ。今だって、二人の親友はビーチでボール遊びをしながら、私のことなんてすっかり忘れているだろう。それって結構傷つく。

ジンはブリーフケースから、テカテカした紙を取り出した。「そうよ」ジンは言った。「『ツイーンクイーンマガジン』からサッシーのために、ファッション撮影《さつえい》の素晴らしいチャンスをもらったわ。このフェスティバルを舞台として――」

「でもファッション撮影《さつえい》なんてやりたくないよ！　モデルにはなりたくないもの！」

「私はなりたいけど」ピップは声を張り上げた。ピップはベンとジンに向かって最高のスマイルをしてみせ、何回かクルクルと回った。

「妹ちゃんのやる気は見習うべきだね」ベンは私に向かってニヤリと笑った。「君は勘違《かんちが》いしているようだ。私たちは君をモデルにするつもりではなく、君を知ってもらうために宣伝がしたいんだ。考えてごらん。雑誌の広告欄《こうこくらん》を買うためは、レコード会社は大金を払う。だから、ジンが、『ツイーンクイーンマガジン』の募集で十三歳くらいの――」

「――真っ先にサッシーのことだと思ったのよ！　あなたならピッタリだわ」ジンは熱っぽく言い、コーヒーテーブルの上でおしゃれなTシャツやトップス、ジーンズ、ショートパンツの写真をバラバラと広げた。

「さらに」とジン。「これはあなたの方向性にも合っているわよ。この服は環境に優しいブランドで、どの服もオーガニックコットン一〇〇パーセントでできているの。見て」彼女は膝《ひざ》の上から紙を数枚ひっつかんだ。「『ラブ・ユア・プラネット』というブランドで、収益の一〇パーセントはシロクマの保護などのチャリティーに寄付され――」

「完ぺきじゃない！」お母さんは写真をめくりながら言った。「つまり、あなたらしいことに見事につながっているみたいじゃない、サッシー」

「サッシーがやりたくないなら、私がやる！」ピップは叫《さけ》んだ。そして真剣《しんけん》な顔でベンを見すえた。「給料は出る？」

「ああ、出るよ」ベンは笑った。「でも僕らは宣伝の目的であって、モデルとして契約《けいやく》してお金を払うよりも、ひょっとしたらサッシーに合っているのは――」

突然、明るい気持ちになってきた。ベンの言うことがわかった。モデルにはなりたくないし、自分自身のお金なんてどうでもいいけれど、どうしてもお金を必要としていることがある。

「わかりました」ワクワクしてきた。「もし、報酬《ほうしゅう》がすべてアグネスに送られるなら、やります」

「アグネス?」ジンはとまどいながら尋《たず》ねた。

「養子のロバです」私は説明した。「彼女はドーセット州のロバの保護区域でたんたんと人生を送ってきました。私は彼女に毎月五ポンド払うようにしていて、それはつまり――」私はお母さんに目配せをした、残念ながら伝わってないようだったけれど――「私は経済的に少し苦しいんです」

ベンは上を向いて笑った。「オーケー、サッシー。撮影《さつえい》をやってくれたら、アグネスは一生ゴージャスなロバライフを送れるように保障するよ」

「いいわね!」ジンは笑った。「それじゃあ決まりね。予定表にあるとおり、撮影は一時からだから、十一時に出演者専用ゾーンのなかにあるトレーラーへ――」

「おぉぉぉー」ピップは高い声を上げた。「フェニックス・マクロードはいるんですか?」

ジンは微笑《ほほえ》んだ。「ええ、そうよ、でも彼はサッシーとは別のトレーラーよ、もちろん」

フェニックスの名前があがったとき、心臓が高鳴った。意思とは裏腹に。

「それじゃ、説明したとおり、あとでトレーラーへ連れていくわ」ジンは続けた。「そしてメイクアップアーティストのシャンテルがあなたの髪《かみ》とお化粧を――」化粧をしたくないと伝えようと、私が口を開けるとジンは静かに、と手をあげた。「落ち着いて、サッシー。私たちはあなたのスタイルを変えたくないの。最高だもの！　若々しくてナチュラルで、そして個性的。でもカメラの前では、誰しもちょっとだけ手直しが必要よ。プロに任せて。それじゃ、十一時にまた来るわ、オーケー？」

「もちろんです。それで問題ないです」正直、暑くてベタついてる。外はお日様が輝《かがや》き、空は青く輝き、そして何より、コーデリアとタスリマが私の存在を忘れてメーガンが友情のトライアングルのなかの私のポジションにするりと滑《すべ》りこむことがないように、ビーチに行きたいのだ。

ジンはその後の予定を説明した。「撮影は三時までには終わるから、その後車に戻《もど》るわ。私たちがセットリストを、つまり、あなたがうたう歌を決めて、たぶんそのあと軽く食べる」

「その後は、しばらく休憩《きゅうけい》になる。車のなかに、君のための部屋がある。そのあとシャワーを浴びてメイクをし直して、メインステージに上がるよ」ベンが言った。

「じゃ、それでいいかしら？」ジンは写真を残らずカバンにしまいながら尋ねた。ジンはいつも大きなカバンを持っていて、なかは紙であふれかえっている。私が見ているのにジンが気づいた。「オフィスを持ち運んでいるの。ハイレベルな書類管理方法なのよ」彼女はおどけた。

「そうだな」ベンはからかった。「ゴチャゴチャ法だな。ジンはパソコンの時代に追いついていないから」

「また明日ね」ジンはベンを小突きながら言った。私はベンとジンと一緒に働けることはラッキーだと思った。一緒にいて、こんなに楽しいのだ。

ドアまで来るとベンが振り返った。「僕たちに任せて。プロだからね」

「そう、スターを作ることが私たちの仕事なんだから」ジンは私を抱きしめた。「あなたはいい感じよ、サッシー」

そして二人がいなくなったあと、やっとビーチへ向かえるとタオルをつかんだとき、コーデリアとタスリマとメーガンがそろって戻《もど》ってきた。髪《かみ》は濡《ぬ》れ、赤く日焼けした顔は明るい。

「あら」メーガンはソファにどさりと座った。「ビーチは素敵だったわよ、サッシー。どうして来なかったの?」

24章

午後からはぞろぞろと会場に人がやってきた。お母さんがお茶を作る間、私たちは外へ駆《か》り出された。車やバイクやバンやキャンピングカーは田舎道を通り、青と緑のなかにオレンジのテントがひょっこりと現れるキャンプ場へゆっくりガタゴトと進んだ。

屋台も並び始めた。色とりどりの服と長く無造作な髪《かみ》と日焼けした肌にイヤリングやピアスをした、野生的な人たち。手作りのジュエリーが並ぶ屋台や、キャンドルやお香、手作りのコットンワンピースや風鈴が並ぶ屋台もある。ボディペインティングやタトゥー、ピアスをお願いする人もいた。屋台をやっている人のほとんどはお互いに知り合いで、笑いかけたりハグをしたりと、お日様の下、温かい雰囲気だ。遠くにメインステージが見えた。

「ヤダー! 怖くないの?」メーガンは私の腕《うで》をとりながら息をのんだ。「考えてみてサッシー、明日の夜になったらあそこに立って、何百人もの人の前で演奏するなんて!」

お腹が強烈《きょうれつ》にうずいたけれど、誰にも気づかれたくない。なんとなく、誰かに知られたら耐えるのがもっと辛《つら》くなる気がした。「別に！」私は嘘《うそ》をついた。「平気だよ」

「いいなあ！」メーガンは続けた。「もし私だったら間違えることばっかりめちゃめちゃ考えちゃうもん」

「でもきっとうまくいくよ」私はまた嘘をつき、密かに心配している恐ろしい展開を心にしまいこんだ。私は「癒《いや》しのクリスタル」というコーナーから淡いブルーの卵形の石を手に取った。ラベルには、この石はアンジェライトといい、安らぎの特性をもつと書かれていた。「これ、一番きれいな色だと思わない？」私は話題が変わることを願った。

「でも考えてみなよ」メーガンは続けた。「マイクが爆発しちゃったら……それか……直前にアガっちゃうとか、ギターの弾き方をすっかり忘れちゃうとか……それか……ステージに上がるときに転んじゃうこともあるかも！」

「あのさ、メーガン！」思わず声が出た。「まるでわざと緊張させようとしてるみたいだよ！マジでマジでマジで頼むから失敗するかもとか、言うのやめてくれるかな？」

メーガンは私から腕《うで》を放した。顔はゆがみ、一瞬だけ、泣き出しそうな顔をした。

コーデリアは私とメーガンの腕をさっと組んだ。「ほら、二人とも」彼女は明るく言った。「ステージでは悪いことは何も起こらない。最高なステージになるように、ゆうべとびきりスペシャルな呪文《じゅもん》をかけたもの――」

「そんな!」タスリマは空気を明るくしようと笑った。「去年、数学で赤点を取らないためにとびきりスペシャルな呪文をかけたら——先生たちがあなたのテスト用紙をなくしちゃったのよね!」

「そう、つまり合格**だったはず!**」コーデリアはクスクス笑った。「真相は闇《やみ》のなか。とにかく、トラブルなんて起こさせないよ」

「ありがと、コーデリア」私は震《ふる》えながら言った。「何が起こったとしても、一度ステージに上がったらやり抜かないと。だって、それがライブだから。ベンとジンは私が観客の前で歌えるかどうかを見たがってる。私に素質があるかどうかを」

「あるじゃない、あふれるほどに!」タスリマは私の肩を抱いた。「じゃあ心配することは何もないってことね?」

静かに、こっそりと、私は指で十字架を作って祈った。

タスリマの言うとおりだって願いながら。

テントに戻《もど》ると、お母さんは大きなお皿に特製トマトソースに粉チーズたっぷりのパスタと小さく切ったきゅうりとりんごを添《そ》えたごちそうを用意してくれていた。私たちはガツガツと食べ、そしてみんなでお皿洗いをした。

「よし！」お母さんは小さなキッチンスペースの水切りかごに最後の鍋を置いたときに言った。「もうシンデレラはおしまい！　さあ、きれいにしてらっしゃい。今夜はみんなプリンセスにならないとダメよ！」

コーデリアはスコッティゴシックコーデに着替えた。黒いレースが裾《すそ》についた赤のタンクトップに、タータンチェックのミニスカートに黒い網タイツとタータン柄のレースのついたロケットドッグのブーツを合わせている。

そして彼女はユルトの外の丸太に座り、それぞれの指に根気よく違う色のマニキュアをぬっている。赤、紫、緑、黒、そして黄色。車のなかで、コーデリアは紫のアイシャドウをぬり、黒くぼかしたアイライナーを引いた。黒くて長いストレートヘアを高いお団子にまとめ、タータンチェックの大きなひらひらリボンを二つ、結びつける。最後に、きらきらする石のついた犬の首輪のようなチョーカーとリストバンドをつけると――とびきりいい！　奇妙で、タータンで、コーデリア流だけど。

タスリマはビーチに行ったあと、肌がより一層茶色くなっていた。タスリマとメーガンは、メーガンの持ってきたトップスやスカートやジーンズや半ズボンの山を発掘するのにずいぶん時間をかけていた。*17 とうとうタスリマは可愛《かわい》いストラップのついた、レモン色の小さなハーフトップを選んだ。カプチーノ色の肌がとても映える。

＊17　スーツケース二つ分！　2泊だけなのに。

「このトップスってちょっと………み……見せすぎかな?」タスリマは切りっぱなしジーンズとビーチサンダルを合わせながら、恐る恐る聞いた。

「全然!」お母さんは背中を押すように言った。「こんなにきれいな肌ですもの、タスリマ。素敵よ」

タスリマはうれしそうに微笑《ほほえ》んだ。アンカーさんなら、タスリマがきちんとしたTシャツかポロシャツ以外の服装で外に出ると知ったら、カンカンになるに違いない。

タスリマは汚れがつくだろうと言ったけれど、メーガンは白いミニスカートを履くと言って聞かなかった。そしてメーガンはトップスを十着ほど試してから、タイトで胸元が深く開いた主張の激しいやつを選んだ。ようやくメーガンがユルトから出てきたとき、お母さんは二度見した。

「あらメーガン、そのトップスは素敵だけど……うーん……もしかしたらちょっときわどいかも?」お母さんは口ごもった。メーガンの顔がくもったけれどお母さんは素早く付け加えた。「こうしましょ、カーデガンをはおるの。大きなカーデガン。寒くなったときのために。日が沈《しず》んだら、結構寒くなるのよ」

そして私?　私はツイッグからもらったTシャツを着ようと考えていた。あの、「パラディソはパラサイト」ってやつ。ツイッグが近くにいるみたいに感じるから、あれを着たい。でも最終的には、着ないことに決めた。だって明日の夜にステージで着るって約束したし、ジュースをこぼしたり、トマトケチャップを飛び散らかしたり、鼻血をまきちらかしたり、言わんこっちゃないことが起こるかもしれないもの。だからTシャツはリュックのなかに安全に保管し、タンクトップとジーンズを着た。

ピップはタスリマの助言によって――ああ、ピップが人の言うことを聞くなんて！――キラキラの星がプリントされたとても可愛《かわい》らしいターコイズのトップスと、シュガーピンクのフリフリスカートにレモン色のレギンスを着た。メーガンがきれいな黄色のリボンで彼女の髪《かみ》を三つ編みにし、コーデリアは彼女の頬《ほほ》に大きなひまわりをペイントした。びっくりするほどきれい。まるで外国のお花のよう。あるいは、オルゴールのなかにしまいこんだ繊細なバレリーナ人形。

「さあ、プリンセスたち！」お母さんがついに言った。「みんな準備できた？」

全員うなずき、にこりと笑った。うららかな夕暮れ、うだるような長い一日、雲一つない空、遠い山のその奥へとゆっくり沈《しず》んでいく大きな赤の火の玉、空にしま模様を作るターコイズ、ピンク、レモン、アプリコット色。焚《た》き火の匂いが空気を染める。もうすでに、バンドがリハーサルをする音が広場一体に漂《ただよ》う。

私はブルースターをバンの後ろに入れ、窓が開いていることを確認して、水を入れたボウルと骨をあげた。お母さんがユルトから出るとKで始まるクリスは軽くヒューと口笛を鳴らしたので、私は警戒のまなざしで彼をにらんだ。

「お父さんに電話した?」私はKで始まるクリスに聞こえるように大声で言った。

「しなくていいのよ」お母さんは静かに言った。タスリマとメーガンは先にユルトを出ていき、ピップはその間に入ってうれしそうに踊《おど》っている。「電話してもらったの。なんだか非常事態が起きているみたい」

「非常事態?」気になる。お父さんが議員、つまり国を運営しているとみんなから思われている立場になってから、大事態[*18]は何度か起きていた。「でもまだ八時間しか経っていないじゃない」私は思わず時計を見た。「今回はなんなのよ?」

「ピップには言わないで」お母さんは私に耳打ちした。「フディーニがまた脱走したの」

＊18　老人ホームでのトイレットペーパー不足、豚が街中に脱走、交番の真ん前で、自転車の盗難。

25章

オープニングコンサート、すごい！

バンドに加えて火食い手品師やジャグラーや大きな竹馬に乗る人たち。まるで、自分の好きなようにへんちくりんになれる奇妙な別世界みたいで、みんな親切で笑っている。でも、お母さんはパーティーの雰囲気に興奮《こうふん》しすぎないで、みんなで固まって行動するようにと注意した。

「大勢の人が集まる場所では必ず変な人が何人かいるのよ」お母さんはまじめに言った。

〈確かにそうね。そしてKで始まるクリスもそのうちの一人ね！〉お父さんたら、出発前にちゃんとお母さんにお見送りの言葉をかけてくれればよかったのに。私なんかより、お母さんのほうが危ないよ。性格が無防備すぎる。

しばらくみんなで踊《おど》っていたけれど、空に向かって手をあげたときに、太陽が完全に消えていたことに気がついた。完全に暗闇《くらやみ》だ。真っ黒な山の斜面を背にしてチカチカと色を変え

るステージライト以外は。すべてが魔法のよう。ステージの上で堂々とギターを弾いている人たちを見つめても、明日の夜自分があそこにいてみんなが私の歌を聴くなんて、信じがたい。

突然怖くなり、鼓動《こどう》は早くなり手の平は汗ばみ、そして誰かが私の肩を叩いた。私は十二フィートくらい飛び上がった。

「ごめん！」フェニックス・マクロードは私の耳元で声を張り上げた。「びっくりさせるつもりはなかったんだ。すごくいい演奏だよね？」彼はバンドに向かってうなずき、ハイヴァイ*19をグイッと飲んだ。

「ほんと！　サイコー！」私はうなずいた。だって、知的な言葉が何も思いつかないんだもの。

「君の犬はどこ？」フェニックスは聞いた。「僕と同い年の犬」

メーガンとコーデリアとタスリマは目をひんむいて私を見つめている。フェニックスに会ったことをみんなに言っていなかった。だって恥《は》ずかしすぎるもの、ブルースターのフンのこととか色々。

「バンのなか。ユルトのほうの」私はあわてて答えた。「うるさいの苦手で*20」

「それはしょうがない」フェニックスは微笑《ほほえ》んだ。近くに寄ってきたのでバンドの音よりも

＊19　世界で唯一かっこいい飲み物！　新鮮なフルーツのスムージーが、リサイクルのボトルに入ってるの！

＊20　あぁやだ！　またやっちゃった！　たどたどしいしゃべり方！　頭悪いと思われちゃう。

彼の声が聞こえるようになった。「彼のお腹はもう落ち着いたかな？」

自分の顔が真っ赤になるのがわかったので、暗闇《くらやみ》で本当によかった。フェニックスがとても近いので私の顔から放出している熱を気づかれないかと心配だ。そのとき誰かが私の腕《うで》を引っ張った。

「私たちのこと紹介してくれる？」メーガンはまつげをぱたつかせながら大きな声で言った。

私はみんなを紹介し、フェニックスは大声で言った。「わかった、君がコーデリア、君がメーガン、君がタスリマ」そして曲の終わりで音量が落ちたときに、彼は振り返って私にさっきより小さな声で言った。「それと君が誰かも知ってる」

「そうなの？」私は口ごもった。

「ジンが教えてくれたんだ。あそこにいるよ」彼は人ごみの奥を指差すと、ジンはうれしそうに手を振ってから親指を立てた。「だから挨拶《あいさつ》しておこうと思って……明日の夜は一緒にライブをやるだろう？」

私はうなずいた。彼はハイヴァイを一口飲んだ。

「いる？　体にいいよ。ほんとに。ジンとベンはこれ以外の飲み物は飲んじゃダメだって言うんだ」

断るなんてことができる？　私はボトルを取ってちょびっと飲み、喉《のど》に詰《つ》まって鼻から吹き出したらどうしようかとドキドキしていた。昔、テンションが上がりすぎたときに一回だけやってしまったから。でもちゃんと飲みこむことができ、ボトルを返した。フェニックスはみんなにもボトルを渡した。コーデリアとタスリマは行儀よく少しだけ飲んで、メーガンにボトルを渡した。メーガンは一口飲み、そして二口、三口、そしてうっとりと、ボトルを握《にぎ》りしめてフェニックスを見つめながら立ちつくしていた。

「もしほしいんなら、あげるよ」フェニックスがからかうと、メーガンはあたふたしながらボトルを差し出し、早口で謝った。

去り際にフェニックスは私に笑いかけた。「また明日のライブで会えるね。よろしく」そして彼は人ごみのなかを通りジンのほうへ戻《もど》っていった。

コーデリアとタスリマとメーガンは一斉に質問してきた。私は平静を装ったけれど、内心はウキウキしていた。ビーチは逃したかもしれないけど、その代わりにフェニックス・マクロードに会えたのだ。私たちは話ができるように会場から少し離《はな》れた。フェニックスがブルースターに優しかったことはみんなに話したけれど、犬のフンの失態のことは話さないことにしよう。魅力的なストーリーを台無しにしてしまうもの。

そのあと、音楽が終わり、人々は大きなかがり火を見るために広場へと移動した。たちまち火はゴウゴウ、パチパチと燃え、人々はおぉー、あぁーと歓声をあげた。そして見事な打ち上げ花火も上がり、私たちは、ロケットがシュウと昇り空高く虹色にはじけるのに見とれた。

「お母さぁぁん」ピップがべそをかき、水をほしがる小さな花のように萎《しお》れていった。「疲れたよ」

お母さんはピップを抱え上げ、全員ユルトに戻《もど》るよう告げた。その時点で私も結構疲れていたから別によかったけど、メーガンは少し口をとがらせていた。

「そしたらこうしましょ」眠たそうにピップが肩にもたれるなか、お母さんは言った。「もし今戻ったら、キャンプファイヤーをしていいわ。ピップを寝かせたら、マシュマロを焼きましょう」

コーデリアのサポート*21によってお母さんは一瞬でキャンプファイヤーを灯した。タスリマ、メーガン、私はマットと毛布とクッションをユルトから運んだ。そして小さなヨーグルト瓶に入ったティーライトキャンドルに火をつけ、あちこちに置いた。お母さんがこんなときのためにと気を利かせて持ってきていたのだ。まるで魔法みたいだ。パチパチ音を立てて鮮やかな火の周りに腰を下ろすと、バンドの演奏がまだ聴こえてくる。

「もしこれ以上がっついたら」タスリマはパラディソでもらったお菓子《かし》の残りのかじりかけ

＊21　着火剤とマッチ20本。

のグミを指先にへばりつけてまじめに言った。「依存性物質の過剰摂取だわ」みんなが笑った。

私たちはガツガツ食べながら話した――フェニックス・マクロードについて。

「彼って本当にセクシーだわ」メーガンはだらりと寝転びながら夢見心地できらめく空を見つめた。

タスリマは笑った。「そうね、メーガン。でもあなた、男子のこと誰でもセクシーだって思ってるでしょ」

「違うわ」メーガンは言い返した。「ツイッグのことはそんなふうに思わない、ほら?」

「そりゃよかった」コーデリアは悲鳴をあげた。彼女の顔はキャンプファイヤーの炎にチカチカと照らされ不気味に光った。「だって、義理の兄さんでしょ。それってご法度《はっと》じゃない?」

「私も彼のことは好きだな」タスリマは突然言った。

「ツ、ツ、ツイッグを好きなの?」私は動揺《どうよう》して聞いた。

「まさか」タスリマは私へクッションを投げた。「フェニックス・マクロードよ、おバカね!」

「ワォ!」コーデリアが呟《つぶや》く。「タスリマ・アンカーさん、あなたが男の子に惚《ほ》れてるっていうの、**初めて**じゃない」

「惚《ほ》れてるなんて**言ってない**でしょ!」タスリマは言い返した。

「そしたら?」メーガンはゴロリとうつぶせになり、タスリマをまっすぐ見つめた。「どういう意味?」彼女の目は焚《た》き火に照らされキラキラしている。

「つまり」タスリマはゆっくり言った。見るからに嘘《うそ》をつこうとしていて、盛大に失敗している。「彼は……その……魅力的ってこと……」

「つまり彼に**惚《ほ》れてる**ってことだ!」コーデリアははしゃいだ。「だって、全く同じ意味でしょ。言い方を変えてるだけで」

タスリマは助けを求めるように私を見た。

「コーデリアの言うとおりだよ、タスリマ」私はあくびをした。「何も恥《は》ずかしいことはないよ。きっと彼のフェアリー・ノームをちょっと吸いこんじゃったんだよ」

「彼の、**何て?**」メーガンは叫《さけ》んだ。何か下品な想像をしているのは明らかだった。

「フェロモンのことね」タスリマは根気よく説明した。「動物や人が異性を惹《ひ》きつけるために放つ目に見えないニオイのこと。そして、違うわサッシー、私は彼のフェロモンを**吸ってない**。ただ素敵な青年のように見受けられただけ」

この言葉で、コーデリアがツボにハマってしまった。噛《か》んでいたグミが出てくるほど大笑いした。

タスリマは叫《さけ》んだ。「でもサッシーだって、彼のハイヴァイを飲んだでしょう?」

「あーらら!」コーデリアは言った。「フェロモンをもらっちゃったのはサッシーだったたってことか!」

「それってすんごく最高!」コーデリアは息をのんだ。「有名人カップル! きっと雑誌にいっぱいのる。それで、おとぎ話みたいな結婚式をするの。私、式の付き添《そ》い人をやってもいい? 黒っぽい衣装がいいな、もちろん」

「フェニックス・マクロードのこと、**好きじゃない**ってば!」私は強く言ってクッションをコーデリアに投げた。するとみんながクッションを私に向かって投げた。「しかもどっちみち」私は息を吸った。「彼の飲み物を飲んだのは全員だったはずでしょ?」

「大変!」コーデリアは笑った。「つまり私たち全員、彼のフェアリー・ノームを吸いこんじゃってたんだ!」

「でも、私たち全員と結婚するのは無理よ」タスリマは言った。「一夫多妻になっちゃう。イギリスでは違法だもの」

私たちはクッションを投げるのをやめ、しばらく考えこんだ。焚《た》き火はパチパチ、ジュウと燃え、明るい炎が闇《やみ》をかすめた。

「そしたら、彼は私たちのうち誰を選ぶかしら?」コーデリアは考えこんで言った。

「きっとあなたよ、コーデリア」タスリマは言った。「二人とも黒くきれいな髪《かみ》で、きれいなカップルだわ」

メーガンが長い枝で火をつつくと、怒りの火の粉があたりに広がった。

「だとしたら」コーデリアは枕《まくら》を膨らませて頭に敷《し》いた。「ちょっとがっかりさせちゃうかもね。私、結婚する気がないから」

「えっ？　一生？」タスリマは寝袋をかぶりながら言った。

「一生」コーデリアはあくびをした。

ちょうどそのときシルクの長いドレスガウンを着たお母さんがトイレから戻《もど》ってきた。私はKで始まるクリスのユルトを覗《のぞ》いたけれど、幸いなかは暗かった。きっと雰囲気を察してくれたのだろう。

「さあみんな！　寝る準備をしましょう！」お母さんは優しく言った。

私たちはすぐになかに入った。私は横になって他のユルトでのささやき声、遠くでぽつりぽつりと鳴る眠たげなギターの音、風が辺りの林を揺《ゆ》らし木の葉がすれる音を聞いた。私は精一杯、本当に、ツイッグのことを考えようとした。ツイッグの顔が、寝る前の一番最後に思い浮かべるものであってほしい。

でもそう思えば思うほど、別の顔が、黒いカールヘアと黒い瞳《ひとみ》が、思い浮かんでしまった。

26章

その夜、夢を見た。

大きなメインステージの上。歌っている。観客には気に入ってもらえた。みんな応援したり、ヒューヒュー言ったり、叫《さけ》んだりしている。タスリマ、コーデリア、メーガンはすぐ前にいて、私に笑いかけ、私はギターを弾き、心をこめて歌う。

するとフェニックスがステージに上がり、会場はさらに盛り上がる。私たちはラブソングを一緒に歌い始めた。これは私の歌、「夢見るだけじゃはじまらない」。

ふと、何かが変だと気づいた。観客が指を差して笑いだした。

下を見ると、理由がわかった。

私は裸だった。全く服を着ていない!　一糸まとわぬ姿。私はステージから逃げた。恥《はじ》をかいた。

目が覚めた。私はユルトのなかにいた。もう外は暗くない。タスリマは私のすぐそばに立ち、私を見ながら考えこむような顔を浮かべていた。

　他のみんなが寝ている間、タスリマと私はブルースターを早朝の散歩に連れていくために森へと抜け出した。私は夢のことをすべて話した。タスリマは注意深く聞いていた。

「心配することじゃないと思うよ。不安なときによくあることよ」「服のことじゃないの。体が丸出しだったことじゃないの」私たちはブルースターが木の匂いを嗅《か》ぎ転ばないようにおしっこしようとするのを待った。

「起こり得ないことで悩んでいるし、ステージに上がれば観客はまさにあなたを「見透《みす》かす」わよ。パフォーマーなら誰でもぶつかる壁《かべ》だわ」彼女はピンクのノートに何か書きこんだ。私は何を書いたのか、肩越《かたご》しに覗《のぞ》こうとしたけれど、タスリマはノートをパンと閉じた。

「やめてもらえる？　これは極秘なの！　ほら、ここに書いてあるわ」彼女は表紙に書かれた文字を指さした。**奇妙なワイルド家――ケーススタディ　盗み読み禁止！**

「でも私の部分をちょっと読むのは、きっと許されるべきでしょう！」ブルースターとユルトにゆっくり連れて帰る間、私は必死に頼みこんだ。（正直にいうと、お母さん、お父さん、ピップの部分は読みたくない。どうせ凶々《まがまが》しいに決まってる。）

「あのね」タスリマはかしこまっていった。「私は心理学者なの。あなたが私の意見をどう思うか、なんて心配をせずに観察しないといけない。だから覗き見ようだなんて思わないことね!」彼女はノートを半ズボンの後ろポケットにしまいこんだ。「重大な心の傷を負うことになるわよ!」

私たちが戻《もど》る頃には、みんな起きていた。お母さんはヨーグルトにラズベリーをのせて出してくれた。お母さんは、みんなで外で食べるように言った。みんなっていうのは、つまり、白い肌が焼けてスコッティゴシックスタイルが台無しにならないために日陰《ひかげ》で過ごさないといけないコーデリア以外ってこと。

着替えて寝袋を片づけてから、みんなで屋台をぶらついた。私は真っ先に泳ぎに行きたかったのだけど、お母さんが風邪をひいたり喉《のど》を痛めるかもしれないと言って行かせてくれなかった。どのみち昨日の不安な夢を見たあとから、行けるチャンスはなかった。

屋台でコーデリアはママのためにイヤリングを買っていた。真珠みたいに光る小さな貝殻が銀色の糸でつながれている。タスリマは、アンカーさんが好きそうな木彫りの小さな箱を見つけた。そしてメーガンは、タトゥーとボディピアスをしてくれる屋台に私たちを引っ張った。

「ずっと鼻ピアスをしたかったの」彼女はお母さんに聞こえないように小声で言った。でもメーガンはお母さんの、聞こえるはずのないことを聞くという特殊能力を計算に入れていなかった。

案の定、お母さんは花柄スカートをはためかせてすっ飛んできた。「だめよ、メーガン。言うまでもないわ」お母さんは大声で言った。

「でも大丈夫なんです、ほんとに」メーガンは言った。「私のお母さんは、もし私が鼻ピアスを開けたければ開けていいっていつも言ってました。ボディピアスオーケーなんです。お母さん自身も開けてますよ」

「メーガン！」お母さんは怒りがにじむ声で言った。「あなたのお母さんが開けているのは耳のピアスでしょう。舌や鼻じゃないわ。私と一緒にいる間はどこにもピアスは開けないこと、いいわね？」

「はい」メーガンは答えた。そして、お母さんが離《はな》れたあとにこう呟《つぶや》いた。「でも私のお金なのに」

メーガンはお母さんに言っているつもりではなかったはずだ。だけどお母さんが足を止め、私は体がこわばった。お母さんは見かけは花柄でふわりとして穏《おだ》やかだけど、まるで先史時代の猛獣《もうじゅう》のように危険だ。手がつけられない。案の定、くるりとこちらを向いた。

「いいわ、メーガン」お母さんは言った。「シンプルな解決策が一つあるの」そしてお母さんは、大またでボディピアスの屋台の男の人に向かった。

「やめてお母さん、お願い!」私は呼び止めた。でも間に合わなかった。怒りは最高潮に達している。

「この女の子は」お母さんはメーガンを指差してやかましく言った。「まだ十三歳です。ピアスやタトゥーは**一切**、許可されて**いません**」

そしてまるで何マイル先まで周りにいる全員が振り返って私たちを見ているようだった。

「いいですよ」男は言った。「心配いりませんよ、ご婦人。厳しい方針がありますから」彼は後ろの看板を指さした。「十六歳以上対象!」彼は私たちに向かって叫《さけ》んだ、「わかったな、お嬢《じょう》ちゃんたち?」

あきれた——お母さんはときどき、**かなり**恥《は》ずかしい。

メーガンはその場に立ちすくみ、固まっていた。そして、昨日私自身がメーガンから精神崩壊《ほうかい》寸前に追いこまれたにもかかわらず、メーガンのことをかわいそうだと思った。三六〇度人がいるなかで、友達のお母さんに晒《さら》し者にされることほど最悪なことはない。私も知っている。ショッピングモールでアンカーさんに叱られたことがある。その後数ヶ月ずっとトラウマだった。

女の友情を示すために、私はメーガンの腕《うで》をとり、恥《はじ》をかいたまさにその場所から、静かに連れ去った。

「ポジティブに考えれば」お母さんが反対方向へと消えたとき、私はため息をついた。「少なくとも、メーガンはあの人と一緒に住まなくていいわけじゃない！」

27章

ユルトに戻《もど》ると、ジンが迎えに来るまでのあと一〇分の間に準備をしなければならなかった。コーデリア、メーガン、タスリマはビーチへ行くためにビキニに着替えた。私のお気に入りのブラとパンツはフディーニが初めての大脱走でかじってしまったので、代わりにお母さんが用意してくれた可愛《かわい》らしいキャミソールとショーツのセットと、黒いスキニージーンズとツイッグがくれたトップスをリュックに押しこんだ。まだ着ていないから、今夜は特別な気持ちがするだろうな。

ちょうどそのとき、ジンが屋根無しのジープでやってきた。「すごいニュースよ、サッシー!」彼女は車から飛び降りて跳《は》ねるようにやってきた。「フェニックス・マクロードがあなたと写真撮影《さつえい》をしたいって!」

「嘘《うそ》!」メーガンは息をのんだ。

「フェニックスのアイデアよ」ジンはニヤリと笑った。「サッシーは彼の印象に残ったみた

いね」

メーガンはまるでしっぽを踏《ふ》まれた猫のように、小さくキイと声をもらした。

「もちろん、彼は服のモデルはしないわ」ジンは続けた。「ラブ・ユア・プラネットは、女の子向けのブランドなの」

「素敵」私は微笑《ほほえ》んだ。

いい、それは素敵なことだけど、フェニックスの近くにいるのは少し不安だ。彼の近くにいると、ツイッグを裏切っている気持ちになる。何かが起こるわけなんて絶対にないってわかってはいるんだけど。それに、ツイッグにも問題ないって誓《ちか》ったはずでしょう?

「準備はいいわね?」ジンは腕《うで》時計を見た。

「うん」私はリュックを持ち上げ肩にかけた。

ジンは私のギターをつかみ、ジープの後ろに積んだ。お母さんは私を抱きしめキスをすると、励《はげ》ましてくれた。

「うまくいく」コーデリアはニヤリと笑い、私にハグをするためお日様の下へ来た。「今夜のコンサートは本当によくなる気がする。予感がしたの、わかるでしょ、虫のしらせよ。サッシー・ワイルドが、嵐を巻き起こす」

「そう」タスリマはコーデリアと私をハグした。「あなたらしく、サッシー。家で私たちに聞かせてくれるみたいにね」そして私の髪《かみ》をなでつけると、耳元で言った。「服を着るのだけは忘れないでね、いい?」

ピップは私の頬《ほほ》にべったりとキスをした。サインを集めることにしたらしく、「**ピップ・ワイルドのサイン帳**」というノートに飾《かざ》りつけしていた。ピップはそれを私の手に押しつけた。

「フェニックスには何か特別なことを書いてほしいの。一番初めのページに」

「もちろんいいよ」私はニヤリと笑った。「もし一生私のしもべになってくれればね」

「サッシー!」お母さんが冗談っぽく叱《しか》り、ピップに言った。「フェニックスはきっといいことを書いてくれるわ。素晴らしい青年のように見受けられるもの」

その言葉で、コーデリアとタスリマはけたけた笑っていた。

「いいわね、サッシー?」ジンはエンジンをかけて呼んだ。

私は最後に全員に——メーガンにも——大きなハグをして、ジープに乗りこんだ。車が走り出し、みんなが手を振る。林に入る前の角を曲がるときに、最後に大きく手を振ろうと後ろを振り返った。けれどみんなはすでにビーチへ向かっていて、ビキニを着た三つの小さな影が、笑ったりしゃべったりしながら反対方向に消えていくのがちょうど見えた。

心のなかの何かがかき鳴らされた。そして最悪な喪失感《そうしつかん》におそわれた。

「調子はどうかしら？」私が前を向くと、ジンは尋《たず》ねた。「ちょっと静かじゃない」

「大丈夫」私は明るく笑おうとした。でも嘘《うそ》だ。ほんの少し、大丈夫じゃない自分がいる。ほんの少し、撮影《さつえい》も演奏もフェニックスのことも、スターになることも忘れてみたい自分がいる。ほんの少し、ここから飛び出して親友たちのいるビーチへと走って戻《もど》りたい自分がいる。

28章

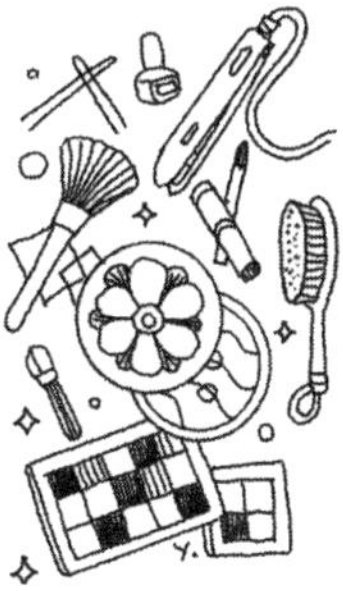

出演者のための空間は崖《がけ》の上にあり、大きくて豪勢《ごうせい》なトレーラーが並び、フェスティバルでみんながいた場所からはフェンスで区切られていた。

ジンはジープをトレーラーの外側に停めた。アメリカの映画のなかでしか見たことのないやつだ。フェニックス・マクロードは色落ちしたカットオフデニム姿で隣《となり》のトレーラーのデッキに座り、ゆったりとギターを弾いていた。彼は私が来ると顔を上げ、演奏を続けたまま微笑《ほほえ》んだ。黒いカールヘアは太陽の光で輝《かがや》いた。ツイッグへの誠意を保とうとしたけれど、心はドキドキしてしまう。

トレーラーのなかでは、シャンテルというメイク担当の女性がライトつきの特殊な鏡と、家にある工具箱のような大きなメイクボックスを用意して待っていた。彼女は挨拶《あいさつ》をしてにっこり笑った。思っていたのと違う。痩《や》せていて華やかな感じの人だと想像していたけれど、彼女はふっくらして陽気だった。ジンは荷物を置けるように、トレーラーの裏の小さな部屋を案内してくれた。彼女は金色の大きな星をドアに貼りつけた。

「最高の楽屋ではないけど、マシなほうね、撮影《さつえい》が終わったらここで昼寝をしてもいいわ」

ジンは笑った。

「最高ですよ」私はそう言い、ベッドの上にリュックを放り投げ、壁《かべ》にギターを立てかけた。

トレーラーのリビングに戻《もど》ると、シャンテルは私を鏡の前に座らせた。

「私のことは魔法使いのおばさんだとおもって」彼女は私の後ろに立ち、鏡のなかの私にそう言った。「カボチャをいじくるわけではないけどね！」彼女は笑った。「さあ、さあ、お嬢《じょう》ちゃん。私はただあなたの魅力を最大限にするだけ。まずは髪《かみ》の毛から始めるわね」

「髪はこのままが好きなんです」私はすぐに言った。

「心配ご無用！」シャンテルのカールヘアが揺《ゆ》れた。「私もあなたの髪が好きよ。素晴らしいわ、個性があるし。でもちょっとだけ魔法を使わせて、そしたらもっとよくなるから」

そして彼女は温められたコテを使って仕事にとりかかった。三十分後、私の髪は想像しうるなかで最も美しくツヤツヤの、らせん状のカールになっていた。

「これで信じてもらえるかしら？」シャンテルは微笑《ほほえ》み、手鏡で後ろの髪も見せてくれた。

私はうなずいた。

「今度は軽くメイクするわね。文句は言わせないわよ！」私が口を開きかけると、彼女はそう言った。「雑誌にのるモデルたちはどうしてあんなにきれいに見えるのかしら? 誰一人として、自然体なんかじゃないのよ。これまで仕事に全力を尽くしてきたけれど、みんな、一人残らず、鼻の上にはニキビ、目の下にクマがあったわ。カメラは残酷《ざんこく》よ。だからこのシャンテルに、できるだけあなたの肌を完ぺきにさせてちょうだい、そうしたらあなたの美しい目が引き立つの!」

シャンテルは親切だったので、文句は言えなかった。シャンテルが椅子《いす》を回し、私は鏡ではなく彼女のほうを向いた。コットンにとったクリームで私の顔をきれいにした。トレーラーのなかは暖かかった。外では、フェニックスがギターを弾きながら優しく歌っている。私は眠くなってきたので、魔法使いに言われるがまま目を閉じた。それから顎《あご》を上げ下げし、目を見開き、笑ったり、口を尖《とが》らせたりすぼませたりして、顔の筋肉をほぐした。

シャンテルの指は優しく、色々な化粧品やクリームは、お母さんの香水と子どもの頃に大好きだったお菓子《かし》を混ぜたような、素敵な匂いがした。

「もしこれを気に入らなかったら」シャンテルが私の顔にほんのりと粉をはたくとき、私はかたく目を閉じた。「その可愛《かわい》い頭を悩ませることはないわ。やり直してもいいんだから」

そう言いながら彼女は椅子を回して私に鏡を見せた。

「ワオ!」私はハッと息をのんだ。「これ、私?」

「気に入ったかしら?」シャンテルはツヤツヤのカールを何本か巻き直した。

「すごい」私は息をはずませた。これは本心だ。こんなふうになれるなんて、夢にも思ってなかった! まるで一切メイクをしていないかのようで、それでいて私の目は大きく、カールしたまつ毛はナチュラルに濃く、肌は輝《かがや》き、そして唇《くちびる》は、言うなればなんと、甘美な感じがした!

ちょうどそのとき、トレーラーのドアをノックする音が聞こえ、フェニックスが顔をひょっこり出した。

「撮影《さつえい》を始めるみたい」彼は言った。彼が私を見つめる時間は永遠と感じられるほどだった。そして彼は唇《くちびる》をブルルと鳴らした。

私の心臓はあまりにうるさくとどろいたので、彼にも聞かれてしまったに違いない。

「ギターを持ってきてもらいたいってさ」彼は微笑《ほほえ》むと去っていった。

「行ってらっしゃい、かわい子ちゃん」シャンテルは道具箱をまとめ始めた。「それからその髪《かみ》の毛を**誰にも**崩させないこと!」

「はい!」私は約束した。ギターを取ってジープのほうへ向かうと、ピカピカでらせん状のカールが日差しのなかではずんだ。

29章

ジンは私たちを屋台の近くにあるテントに連れてきた。撮影《さつえい》のために特別に衣装室が用意されていた。お祭り好きの人々が、私たちがジープから降りる様子をじっと見ていた。観衆がフェニックスを見たとき、興奮《こうふん》は波紋のように広がっていき、写真を撮《と》る人もいた。ジンは私たち二人をすばやくテントに押しこみ、『ツイーンクイーンマガジン』のアンナを紹介した。

「この子、完全に完ぺきだわ！」アンナは私をくるりと一回転させるとそう言い、まるで私が競走馬であるかのように上から下まで見つめた。そしてハンガーラックへ私を案内した。

「じゃあ、僕は外で待ってるね」フェニックスは言った。「これは君の撮影なんだ、サッシー。僕のことは小道具……風景の一部と考えてくれればいい」

「彼って魅力的じゃない？」アンナはまだ彼がテントを出る前に、わざとらしいヒソヒソ声で言った。

それは私も認めなくてはいけない、実際、彼は魅力的だ。私はツイッグとの友情のブレスレットにそっと触れた。これに触るとなぜかツイッグを近くに感じて、フェニックスに心が惹《ひ》かれなくなる。

「あら、ダメ、ダメ、**ダメ！**」アンナは私の手を取ると、ボロボロのブレスレットに顔をしかめた。「それは取らなきゃ！」

テグス結びで縛ってあるから、いくら撮影《さつえい》でも取ることができないのだと説明しようとしたそのとき、突然、どこからともなく小さなハサミが現れ、真っ二つに切れた！

「あー、あー、あ！」私は激怒のあまりどなった。

「ヤダ！」ジンは驚いて叫《さけ》んだ。「ケガしてないわよね、サッシー？　血は出てないわね？」

私は何もついていない腕《うで》をじっと見つめた。ツイッグとの友情のブレスレットは床に落ち、完ぺきな円は、すっかり壊《こわ》れていた。

「い、いえ」私は口ごもった。アンナは壊れたブレスレットを拾った。私はそれを静かに受け取った。だって、もし私が何か言ったら、撮影はなくなってワイジェンはきっと私のことを情緒不安定だとみなし、フェニックスの邪魔《じゃま》をするなと告げ、そしてコーデリア、タスリマ、ピップ、お父さんお母さん、そしてツイッグ——誰よりもツイッグをがっかりさせてしまうとわかってる。だから、私はアンナを見つめながら、怒りにフタをした。

「こんなことをする権利なんてあなたになかった」私は怒りのにじんだ声で呟《つぶや》いた。

アンナは肩をすくめた。「新しいのを買ってあげるわ」彼女はそう呟くと、テーブルの上の金庫からお金を取り出した。「カーラ!」彼女が大声で呼ぶと、私とたいして年が変わらないくらいの女の子が走ってやってきた。「屋台へ行ってきて。友達ブレスレットみたいなやつを一つ買ってきて」

「いいえ、やめてください!」うっかり口から出た。「意味がありません。友情のブレスレットなのに。新しいものと取り替えるなんてできません」

カーラは立ち止まり、アンナを見た。アンナは眉毛《まゆげ》を上げてジンを見つめ、そして事務的に手をたたいた。「みんな、急いで。撮影を始めましょ。動いて!」

「サッシー、大丈夫?」アンナが立ち去り怒鳴るように指示を出し始めると、ジンは静かに尋《たず》ねた。「アンナはちょっと……せっかちなの……ときどき。でも彼女、仕事は本当にしっかりしてるから」

「大丈夫」私は冷たく言った。今すぐにでも、撮影を終わらせたい。トレーラーに戻《もど》って、ギターを弾きたい。傷ついたときはいつでも、ギターを弾けば楽になるから。音楽はまるで、私が逃げこめる温かい場所、大きくて柔《やわ》らかな布団のようなものだった。一度そのなかに入りこめば、何も私を邪魔しない。誰も私を傷つけない。そこには、私と音楽があるだけ。

アンナのことで、ジンは私に深々と謝り、私はそれを止めた。

「大丈夫です」私はそう言い張った。「ジンのせいではありませんから」だけど、心のノートにはしっかりと書き留めた。アンナがやったことを、コーデリアに話すために。もしもコーデリアが、復讐《ふくしゅう》のために悪いカルマ*22をアンナへ送ったとしても、私は止めない。

そして私は撮影《さつえい》に取りかかった。衣装はとてもかっこよかった。ザンドラという女性が衣装の責任者で、撮影する順番にコーディネートを並べていた。陽気なカメラマンのアーサーは、私とフェニックスの写真の構図のイメージをイラストにしていた。

初めの撮影は森のなかだった。私はとびきり小さい深緑のベストと、それに合うショートパンツといい感じのサンダルを着た。

「もしよかったら、木に登ったところを撮《と》ってみたいんだ。はしごを持ってきたほうがいいね？」アーサーは言った。彼はカーラのほうを向いた。「カーラ！　はしごは？　頼むよ、スタッフたち！」

そして私は慌てて言った「いえ！　あの！」

「おや？　木に登るのは嫌かな？」アーサーはしょんぼりと聞いた。

私は返事をしなかった。その代わり、数秒で木に登り、枝にぶら下がって、アーサーが絵コンテに書いていたように足をぶらぶらさせた。

＊22　たとえば、下着をしまっている引き出しに大量のクモが発生するとか。

「ワオ!」アーサーはレンズ越《ご》しに私を見て叫《さけ》んだ。「お見事! 君はスターだね、サッシー・ワイルド!」

「彼女の生息地みたいなものですから」ジンは笑った。

フェニックスが私の隣に登ってくると、カーラが私たちにギターを渡した。アーサーが一緒に軽く演奏するように指示を出し、フェニックスにリードしてもらい、私は彼のコードに合わせようとした。私は何度かミスをしたけれど、フェニックスは目を合わせて笑ってくれた。私も笑った。彼は信じられないほど素敵だ。

「天才! 素晴らしい! 最高!」アーサーはシャッターを切りながら声をかけた。

他の場面も撮った。屋台で。私はまずカラフルな星が散りばめられた紺色《こんいろ》のミニスカートにジャンプしているイルカが描かれた長袖《ながそで》Tシャツを着た。

その次はクリーム色の華やかなレースのブラウスと、コーヒー色のプリーツスカートに、ストラップが膝《ひざ》まで編まれた平らなサンダルを着た。カーラは繊細な貝殻ビーズのネックレスを私の首回りにかけ、もう一つのネックレスを私の両手首にぐるぐる巻きつけた。女性らしい感じだ。全く私らしくない。私がテントから出ると、フェニックスは深いお辞儀をした。

「私のジーンズはちょっとカジュアルでしたね、プリンセス・サッシー」

「とんでもないです、プリンス・チャーミング! あなたの格好はパーフェクトだと思います」私はスカートをつまんで膝《ひざ》を曲げ、お辞儀をした。

「そちらも完ぺきですね」フェニックスは私をじっと見つめて言った。頬《ほほ》が赤くなった。見物していた人が写真を撮《と》り、フラッシュで光った。

「私、魔法使いのおばさんだったでしょう?」シャンテルは私のカールヘアを整えるためにやってきて、得意げに笑った。

アーサーは、屋台の前でヘンテコな帽子をかぶってのんびりしてほしいと言った。アンナがお祭り好きの人々を追い出したので、私とフェニックスだけがカメラに写る。

「フェニックス、帽子をサッシーにかぶせてもらっていいかな」アーサーは叫《さけ》んだ。フェニックスが手に取った初めの三つは、私のカールのせいでうまくかぶれなかったので、フェニックスは、帽子が入らないのはまじめで頭でっかちなせいだったりして、とからかい、私たちが笑うと、アーサーは叫《さけ》んだ。「そのまま! そう! それだよ!」

私たちはぴたりと止まった。フェニックスはヘンテコな虹色の帽子を私にかぶせながら私の目をまっすぐ見つめ、私も彼を見つめ、いつもなら目を逸《そ》らすだろうけど、アーサーが叫《さけ》んだ。「そのまま! そのまま! そのまま!」そして時間が止まるなかでカメラはカシャカシャカシャと動き、私の心臓はバクバクと鳴り、まるで突然水中にいるようだった。溺《おぼ》れそうだ。

「いいねぇぇぇ!」アーサーは叫《さけ》んだ。「そうそう!」ようやくフェニックスから目を逸らし、まるで瓶からコルクがポンと抜けたように、私は現実世界の音と色に引き戻《もど》された。

トレーラーに戻る頃には、私はかなり疲れていた。ベンがそこで待っていた。私はあくびをして、さっぱりするためにトイレへ向かった。

ドアを閉めたけれど、トレーラーの小さな空間だったから、ベンとジンが話す声が聞こえた。

「撮影《さつえい》はどうだった?」ベンは聞いた。

「よかったわ!」ジンは熱心に答えた。「あなたは完全に正しかったわ。サッシーはカメラの前で自然体なの。さらにおまけつきよ、彼女とフェニックスの間に何かが芽生えて――」

私は鏡で自分を見た。本当だ。私とフェニックスの間に、何かがある。彼の近くにいるとき、いつもそれを感じるのだ。しかも、彼も同じことを感じている気がする。そして、私はどうすればいいのかわからない。

私はトイレのフタを閉めて座りこみ、壊《こわ》れてしまったツイッグの友情ブレスレットをポケットから取り出し、指にかけた。すりきれて、色褪せて、ボロボロだった。それでも特別なことに変わりはない。

私は目を閉じてしばらく壁《かべ》によりかかった。どうしたっていうの？　どうして、ツイッグとフェニックスのことをこんなふうに考えてしまうの？　少し前まで、男の子のことなんてたいして興味もなかった。まあ、マグナスのことはあったけど……そのあとツイッグに出会った……。

一瞬、ジンに携帯を貸してもらえるか聞こうかと考えた。ツイッグがとても遠く感じる。ほんの数日前にあったのに、すでにどんな見た目だったか、思い出すのが難しいくらいだ。もし彼と話せたら彼を近くに感じられるし、友情ブレスレットのことだって説明できるのに。でも無駄だ。ツイッグは携帯を持っていない。家の電話ならかけられるけど、家にいるかわからない。出かけていたり、木の上にいたりすることが多いから……。

そのとき、トイレのドアがノックされた。

「サッシー！」ジンは優しく言った。「大丈夫かしら？」

「はい！　すぐ出ます！」私は大声で返した。「順調です！」

そう言ったものの、それが本当かどうか、よくわからない。

30章

「今夜何を演奏するか、簡単に確認しておきましょ」私がやっとデッキの上の小さなテーブルのところに座ると、ジンはそう言った。「そしたら休憩《きゅうけい》していいからね」彼女は膝《ひざ》の上に積み上げた紙を確かめた。「六時半に、シャンテルが髪《かみ》のセットとメイクをもう一度やるわ。ステージに立つのは七時半ね」

ベンは心配そうに私を見ていた。「いつもの笑い方じゃないじゃないか、サッシー」彼は言った。「撮影《さつえい》をしたから疲れちゃったのかい?」

「まさか」私はツイッグとフェニックスへの思いを心のなかにしまいこんで言った。「とてもよかったです。今夜の緊張を忘れることができて」

「さすが!」ベンは三つのトールグラスに冷えたハイヴァァイを注いだ。「音楽スターになることは、ただ単にステージに上がって歌をうたうだけじゃないんだ。ときに厳しいライフスタイルにもなる。スタミナが必要だよ」彼はグラスを上げ、私のグラスにカツンと乾杯をした。「そして今の所、サッシー、君は素晴らしいよ」

「さあ、スターガール」ジンは明るく言った。「今夜演奏するつもりの曲を教えてくれるかしら」

「『人生を台無しにする父親』から始めようと思います」

「うーむ……。アップビートだね。迫力がある。観客がシャキッとするな。彼らの注意を引ける。いいと思う」

「それから少しゆっくりしたラブソングをやろうと思います。『夢見るだけじゃはじまらない』とか」

「いいじゃない」ジンが言った。

「ちょっと違う雰囲気で終わろうと思います」私はためらった。私が次に言うことは、二人はよく思わないだろうから、素早く言った。「『搾取《さくしゅ》工場の子ども』」。

ベンとジンは顔を見合わせた。

「そうね……初めの二曲は素晴らしいわ」ジンはゆっくりと言った。「でも私的には『搾取《さくしゅ》工場の子ども』で終わるのはよくないかも。どうかしら、ベン？」

ベンは首を横に振った。「それはベストではないな。それは少し……」彼は見えないものをつかむかのように手を振り回した。

「パンチが利きすぎ?」私はそれとなく言った。

「そういうこと!」ジンは熱心に頭を縦に振った。「あなたは明るい子よ。それは自分でもわかっているはず。今のところはみんなに気に入ってもらうことが大切。人々に考えてほしくないわ――」

「人々が世界に対してやらかしていることを!」私は叫《さけ》んだ。「でも私は考えてほしい。わかりませんか? 私はそのために歌ってるんです。私たちが世界の片隅《かたすみ》でやっていることが、他の人や動物や鳥たち、そして世界のすべてのことに影響《えいきょう》を及ぼしているんです! 私は、人々にそれを**考えてほしい**んです!」

ジンは明らかにいらいらした様子で立ち上がった。彼女はデッキの端まで歩いていき、私たちに背を向けて海を見つめた。ベンは深いため息をついた。

「僕たちはわかっているよ、サッシー」ベンは静かな声で言った。「もちろんわかってる。しかも「搾取《さくしゅ》工場の子ども」は素晴らしい歌だ。とても君らしい。ファーストアルバムにぴったりだよ」私の目をまっすぐ見て、彼の笑顔が消えた。「もしも契約《けいやく》が決まったらの話だが」

私は息を一気に吸いこんだ。「脅《おど》すのはやめてください!」私は腹を立てて言った。「効きませんから」

「聞いて」ジンは振り返って、堅《かた》い口調で言った。「脅《おど》そうとなんてしていないわ。あなたの仕事は歌を作ってうたうこと。私たちの仕事はスターを作ること。私たちはプロよ。もし成功したいなら、サッシー、私たちと協力しなきゃ。短期的に見れば、妥協しなきゃならないこともあるかもしれない。でも一度有名になれば、好きな歌をいくらでもうたえるわ」

彼女は一呼吸おいてから言った。「わかった？」

私は深くため息をついた。「わかったと思います」

「よし」ベンが言った。「君の世界に対する思いは、君にとって大切だ。そしてそれは、僕たちにとっても大切なんだ。君を形作るものだから。でももし強いメッセージで終わりたいなら、「小鳥が歌を止めるとき」はどうかな？　これはウケるはずだよ！」

私はしばらく考えた。妥協はしたくないけれど、ワイジェン・ミュージックのチャンスを台無しにしたくない。それに、私はベンとジンが好きだ。インターネットで動画を見つけてもらって最高だった。もしここで台無しにしたら、ひょっとしたらもう二度とチャンスはないかもしれない。

「スタジオで「小鳥が歌を止めるとき」をやったときは素晴らしかったたじゃない」ジンは言った。「実は、あれをファーストシングルとしてリリースできないかって話していたところなのよ」

鼓動《こどう》が速くなる。ファーストシングル！

「わかりました。「小鳥が歌を止めるとき」で終わります」

「やった！」ジンは私にハイタッチをしてきた。「いいじゃない、サッシー。最高のセットリストだわ」

「そうだね」ベンはホッとした様子で微笑《ほほえ》んだ。「さあ、休憩《きゅうけい》しておいで。今夜のステージにフルパワーで挑んでほしいからな」

「心配いりません」私は微笑んだ。「私にとって、今夜がすべてなんです。観客をあっと言わせます！」

「その調子！」ジンはハグをした。「あなたをスーパースターにしてみせるわ、サッシー・ワイルド！」

本当にそうだといいな！

31章

写真撮影《さつえい》のあと、ベンとジンに気づかれたくないくらい、とても疲れてしまった。だから、トレーラーの小部屋に戻《もど》って寝転ぶことが不安だった。部屋に戻る前に、崖《がけ》の縁《ふち》を歩いてその下にあるビーチを眺めた。金色の砂浜は人であふれていた。うんときれいな青色の水際で、日光浴する人もいれば、フリスビーで遊ぶ人や、水しぶきをあげる人もいた。タスリマ、メーガン、コーデリアを見つけられればと思って人影をくまなく見たけれど、ここは遠すぎるみたい。

突然、自分は一人ではないと気がついた。フェニックスが私の後ろに立っていた。

「下は楽しそうだね？」彼は言った。

私はうなずいた。私たちはしばらく無言で立っていた。はしゃいで叫《さけ》ぶ声、穏《おだ》やかな波に揺《ゆ》られて笑う声が、ただ聞こえてきた。

「考えたことはありますか……その……普通の人になれたらって？」私は尋《たず》ねた。

「いつもさ」フェニックスは笑った。そして、彼はまじめな顔になった。「えっと、いつもではないか。でもときどき、もちろん考える。大抵《たいてい》は、乗り切れるよ。物心がついたときから、ずっと歌やパフォーマンスをしたかったんだ」

「私も」私は微笑《ほほえ》んだ。「お母さんは、私がベビーカーのなかでも歌ってたって言ってた。二歳か三歳の頃には、庭で歌ってた。気の毒なブルースターを座らせて、私が腕《うで》を振り回しながら踊《おど》って「ユー・プット・ア・スペル・オン・ミー」を大声で歌うのを聴かせたりして。あんまり大声で歌うから、一度、気難しいお年寄りのお隣さんに、黙《だま》れ！って窓から怒られたこともあった」

「ああ、僕もそんな感じだったな」フェニックスは微笑んだ。「でもたまにステージの上に立つんじゃなくて、友達と一緒に観客になって笑っていられたら、って思うこともあるよ」

「まだ会うことはありますか？　その、お友達に。私、もしレコード契約《けいやく》を結んだら友達を失うんじゃないかって心配なんです……」私の声はかすれていった。スターになる道に疑問を感じていることを誰かに打ち明けたのは初めてだった。

フェニックスの顔がくもった。「僕は、自分自身に起こったことしか話せない。君は違うかもしれない。でも僕はもう普通の人ではなくなった。あんまりね。地元に帰ったとき、友達は仲間に入れてくれる。だけど僕はいつも何かを逃しているんだ。やつらは仲間うちの冗談でふざけ合って、僕には何の話かわからない。傷つくよ。でも君もすでに、似たような経験をしたんじゃないかな？」

「たぶんそうです」私はため息をついた。「どちらも失いたくないんです。普通の女の子になって、親友と色々したい……。だけどステージで歌いたい。スターになりたいんです」

フェニックスが黙《だま》りこむ間をかなり長く感じた。「僕たちみたいな人間は」彼はやっと言った。「選択肢がないかもしれないね。たとえば、とてもすごい才能を一つもっているとするだろ。サッカーでもいいし、演技でも、数学みたいなものでも――」

私は即座にタスリマの電卓のような頭を思い浮かべた。

「――そしてもしその才能を使わなかったら、もし放っておいたら、それはどこまでやれるか挑戦せずに、自分自身を裏切っているようなものだよ。そして周りの人のこともね。僕の友達は、僕に突き進んでほしかったんだ。彼ら自身にはできないことだけど、僕にはやってほしいってね」

「ああ、そのとおりですね。タスリマとコーデリアはいつも私を支えてくれる。だってもし今夜私が失敗したって――」

「君は失敗しないよ」フェニックスは言った。彼は優しく私の手を取って私の目をまっすぐ見つめ、私の心臓は溶けて足元に滑《すべ》り落ちた。「うまくいくよ」

32章

トレーラーのベッドで横になると、すぐに深く夢のない眠りについた。ジンは私を起こすとフルーツのスムージーとサンドイッチのお皿を用意してくれた。
「六時過ぎに」彼女は静かに言った。「シャンテルが来る。シャワーを浴びて準備ができたら来てちょうだい。シャンテルが髪《かみ》のセットとメイクをするわ。ああ、あと今夜着る予定の服を私が預かってアイロンをかけていいかしら？　シャワールームにガウンがあるから。あとシャワーキャップも。シャンテルが、髪は少しカールを整えるだけだから洗わないようにって言ってたわ」
「アイロンは必要ないと思います」私は眠たげにそう言いながら、リュックから服を引っ張り出した。でも大間違い！　ツイッグのTシャツはしわくちゃになっている。
「聞いておいてよかった！」ジンはにこりと笑って衣装を取った。「じゃあ、五時に会いましょ！」

私は髪《かみ》の毛をシャワーキャップで覆《おお》ってふらふらとシャワーへ向かった。お湯を流しながら、フェニックスとの会話を思い返す。彼は正しい。もし才能があるなら、使わないと。そうしないと、自分自身の可能性が一生わからないままだ。世界を変えることができる可能性が。

大きくてふわふわのタオル——スターに相応《ふさわ》しい感じのやつ——で体を拭き、今日のためにとっておいた新品のキャミソールとパンツを身につけた。それから着心地のよい白いバスローブにくるまり、シャンテルに魔法をかけてもらうために急いだ。

「さて」シャンテルはメイク落としで私の肌をなでた。「今日の午後にあなた、王子様を見つけちゃったでしょう」

「王子様なんかじゃありません！」そう言い返すと、顔が赤くなった。「ともかく、彼氏は探してませんから」

シャンテルは柔《やわ》らかいブラシでファンデーションを薄《うす》くぬった。「でもフェニックスはあんなにイイ男じゃないの！　ああ、もし私があと二十歳若かったら……」彼女は黒い目をキラキラさせて笑った。

「ええ、でも私はすでに彼氏がいるんです。この週末にたまたま来られなかったんです」ポケットのなかの友情ブレスレットに触れる。「だからつまり、フェニックスがどんなに優しくても、関係ないんです」

シャンテルはふわふわのブラシにチークをとり、私の頬骨《ほおぼね》にコチョコチョとぬった。「あら、あなたの誠実さには感心するわ。男前のフェニックスになびかないなんて、よっぽど特別な彼なのね」

「そうです」私は静かに言った。

シャンテルはメイクをあっという間に仕上げ、らせんのカールヘアをサッと巻き、私はまた再び元のキラキラのスタイルに戻《もど》った。時計を見る。もうすぐ七時だ。とっくのとうにジンが戻ってくると思っていた。シャンテルが道具箱に化粧品をしまうなか、私はトレーラーを行ったり来たりした。不安な気持ちが芽生える。

「大丈夫?」シャンテルは去り際に聞いた。「もうフェニックスのトレーラーへ行かないといけないの。最後の仕上げをしにね」

「彼もメイクするんですか?」私はびっくりして聞いた。

「メイクアップっていうほどのものじゃないわ」シャンテルは透明《とうめい》な魔法の杖を振った。「ちょっとした魔法ってところよ!」

ちょうどそのときジンが困った様子で興奮《こうふん》しながらやってきた。シャンテルは次の魔法使いの任務へ向かっていった。

「本当に、本当に、ごめんなさい、サッシー」ジンは息を切らして言った。「もっと早く来るはずだったのに。トラブルが起きちゃったんだけど、なんとかしたわ。それはそうと、気分はどう？」

「ちょっと不安です」私はウロウロと歩き回りながら、白状した。「でも大丈夫です。不安を感じないほうが、よっぽど心配です。だって、緊張することをする前にはいつも不安を感じて、それが始まると不安が止まって、そして……」私は息を吸った。「……大丈夫になるんです」もう一息、飲みこんだ。「すみません！　緊張するとちょこっとチョコマカしてしまうんですけど、そういえばトラブルがあったんですか？」

ジンは抱えていたかばんから何かを取り出した。

「これよ」彼女は静かに言った。

私のTシャツだ。でも、もう私のTシャツじゃない。だって、ツイッグがきれいな青い地球を描いてくれたところに、大きな穴が開き、その周りは茶色く焦《こ》げていた。

「本当にごめんなさい、サッシー。アイロンはそこまで熱くなってなかったはずなのに」ジンは穴に手を突っこんだ。「絵の具が全部剝《は》がれて、くっついちゃったの」

私はジンの手のなかのボロ切れを眺めた。「でももう着られないじゃないですか！」私は息をのんだ。パニックが沸《わ》き起こり、口が渇《かわ》く。

「そうね!」ジンは突然明るく言った。「トラブルがあったけど——なんとかしたって言ったでしょう?」

彼女は別のかばんから何かを取り出した。今日の午後の撮影《さつえい》で私が気に入っていた、クリーム色のレースのブラウスと、フリルのミニスカート。フェニックスが、似合うって言ってくれた服装だ。「素敵でしょ?」ジンは衣装をソファに広げた。「アンナのおかげね。ほら、彼女ったら貝のネックレスまでくれたのよ。しかも、全部あなたが持ち帰っていいって。どうかしら?」

私は深呼吸をして、椅子《いす》にぐったりと座りこんだ。ツイッグは私の初めての大きなライブのために特別な衣装を作ってくれたのに、それが大きな穴のあいた残念なボロ切れになってしまった。

「でも特別なTシャツだったのに」私は残った焦げを取り上げ、言葉を詰《つ》まらせながら言った。「今夜は本当にこれを着たかったんです」自分自身の声が聞こえる。ピップみたいで、子どもっぽい。目の奥で涙がにじんだけれど、こらえた。

「**本当**にごめんなさい、サッシー」ジンはため息をついた。「でも、明るく考えましょ。この衣装、とっても似合ってるわよ」

私は元気なく可愛《かわい》いブラウスを眺めた。ジンは腕《うで》時計を見た。「あら、急かしたくないけれど、本当にぼやぼやしてる時間はないわ、サッシー。もう舞台裏にいないといけない時間よ」

「わかりました」私はため息をつき、撮影《さつえい》の衣装を手に取った。「すぐに戻《もど》ります」

個室で着替えているとき、思いついた。私がどう切り抜けるのかを見るために、ジンとベンがこの状況を作り出すことはできるだろうか？　一切知らせもなく、突然撮影をお願いされた。初めてのパフォーマンスにすごく着たがっていたものを台無しにされた。もしかしたら、ひょっとすると。私は考えながら、ブラウスをかぶり、スカートを履いてチャックを閉めた。彼らは私を試してるんだ。ストレスのなかで、どれだけ臨機応変になれるかを。

そうだったら。私は考えながら、ギターをつかみ、鏡のなかの自分を見つめた。サッシー・ワイルドはそう簡単にひるまないってこと、二人は思い知ることになるね。

この女の子は、どんなことが降りかかってきても、絶対に立ち向かうんだって！

33章

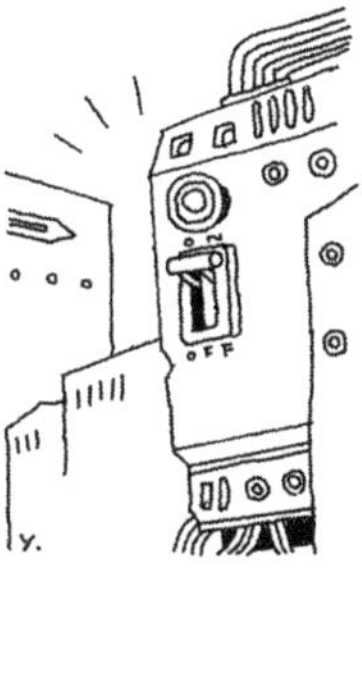

舞台裏はしっちゃかめっちゃかだった。フェニックスのための準備だけでなく、バックミュージシャンや、あとで登場する他の出演者のための準備も必要だ。裏方スタッフと技術者は黒いコードを引きずりながらバタバタと動き、マイクスタンドを置いてスポットライトを点けたり消したりしている。

ジンは、ベンが最終確認をしている、大きな電源装置の後ろの静かな隙間に私を連れてきた。

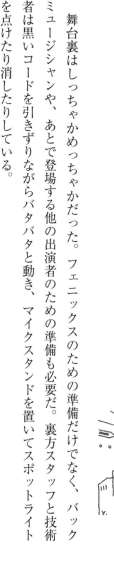

「さて、どんなことがあっても、サッシー」ベンは私たちが通るときにからかった。「絶対にあのスイッチに触らないように」彼は巨大で赤い主電源の取っ手を指さした。「君は電気を大切にしたいだろうけどね」

私は目玉をぐるりと回して無理やり笑った。ベンは場を和ませようとしているだけだ。

「こういうライブでは、ここが一番楽屋へ近いわね」ジンは椅子《いす》の上に鞄をドサリと降ろし、反響板《はんきょうばん》の担当者を探すために立ち去った。「すべて二重チェックしないと！　サッシーはここでチューニングしていいわよ」

私はケースからギターを取り出し、ストラップをつけた。ギターを持つといつでもいい気分になる。もしギターなしでステージに上がることがあれば、まるで裸みたいな気分だ。自分の前にギターがあると、私を守ってくれるような感じがする。数分後、チューニングを終えたけれど、少し脚がグラグラしていたので、椅子《いす》に浅く腰かけた。腕《うで》時計を確認する。長針が動くのが遅い。私はとてもとても孤独を感じた。

すると突然、どこからともなく現れたのは、ピップだ！　最高に可愛《かわい》いドレスを着ている。ピップは何回かクルクルと回ると、深くおじぎをした。

「驚いたでしょ！」彼女は笑った。「お母さんが屋台で買ってくれたの。しかもフェアトレードだから、作った人にきちんとお金が払われているってお母さんが言ってた」

そしてコーデリア、タスリマ、メーガンが現れ、ニヤニヤ、くすくすと笑っている。

「驚いたでしょ！」コーデリアは緑の目を光らせた。

「あなたに会わなきゃならなかったの――」タスリマは笑った。

「幸運を祈るために！」メーガンが続けた。

突然、私の不安は消え去り、顔には満面の笑みが浮かんでいた。ギターを椅子《いす》に置いてから、全員で大きなハグをした。

「みんなに会えてすごくうれしい！」私は叫《さけ》んだ。「私のことすっかり忘れちゃったかと思ってたよ！」

「おバカね！」タスリマは優しく微笑《ほほえ》んだ。「みんなで寂しがってたよ」

「うん」メーガンが言った。「『これはサッシーが好きそうね、これはサッシーがどう反応するかな』、ってずっと言ってたんだよ」

「本当に？」声色で、不安な気持ちがみんなにバレちゃったかも。

「親友でしょ、サッシー」コーデリアはハグをしてくれた。「みんな絶対に忘れないよ！」

「サッシーのために作ったの」メーガンはカードを手渡した。

「ああ、誰がデザインしたかわかるね！」私は笑った。表紙には緑色の目が光る、気難しそうな黒猫。上のほうにはこう書かれていた。「**がんばれ、サッシー！**」

「あら、予想が外れたみたいね」タスリマは静かに微笑《ほほえ》んだ。「私がデザインしたの」

「それとメーガンと私が色をぬったの！」ピップが声を張り上げた。

「これも渡したかったの」メーガンは淡いブルーの石を渡した。「癒《いや》しのクリスタル」の屋台にあった、アンジェライトだ。「効果があればと思って」

「ありがと、メーガン」七年生の大げんか以来、初めて彼女を近くに感じたような気がした、本当にまた親友に戻《もど》れるかのように。

客席のほうでは誰かが音響《おんきょう》システム越《ご》しに「ワンツー、ワンツー」と言っている。

「トイレに急がなきゃダメかも！」私はハッとして、最後にみんなで素早くハグをした。

「みんなサッシーに圧倒される」去り際にコーデリアは振り返って言った。「絶対に。私の第六感がそう言ってる」

「うん、私もそう思う！」私は笑いながら近くのトイレに駆《か》けこんだ。


トイレから戻《もど》ると、親友たちはいなくなり、ジンが待っていた。

「そのお花、素敵ね」舞台裏に立てかけてある、ほこりっぽい演者用の鏡を見ていたとき、ジンは言った。「すごくきれい。しかもとてもあなたらしいわ。サッシー・ワイルドのための、ワイルドフラワー」

「お花？」私は繰《く》り返した。「何のことですか？」

「この花よ？」ジンは野花の束を指さした。ピンクと青と金色と紫の花が、ギターの横にちょこんとあった。「フェニックスからでしょう。こういうの、すごく彼がやりそうなことだもの」ジンは付け加えた。

そのとき、ジンの電話が鳴った。彼女はサッと受け答えし、二言三言話すと、電話を切った。

「えっと！」ジンは言った。「テレビのカメラがフェニックスをちょっと撮《と》りに来るって。あの子はいま超大人気だから。カメラの準備ができているってことは、つまり、あなたのことも少し撮るかもしれないわね」

「え？　テレビカメラですか？　テレビに出るの？」私は息をのんだ。お腹のなかのあがり症のバタバタバタバタフライが増殖しすぎて、科学的に興味深い区域として認定されちゃいそう。

「興奮《こうふん》しすぎないで！」ジンはすでに容量オーバーのカバンに携帯を詰《つ》めこみながら言った。「数時間カメラを回したとしても、テレビには三秒しか出ないこともよくあるわ。期待しないことが一番よ、出るかもしれないけどね！」

そのとき、ジンのカバンがひっくり返り、書類がすべて床にばら撒《ま》かれた。

「触らないで！」私が紙をかき集めようとかがみこむと、ジンは鋭《するど》く言った。

でも、彼女の言葉は遅すぎた。

足元に、手紙が落ちる。『ツイーンクイーンマガジン』のものだ。そして私の名前が書いてあった。ジンは素早く奪い取ろうとしだけれど、私は紙を足で踏《ふ》みつけた。一番上に、こう書かれていた。

写真撮影《さつえい》――パラディソの新ブランド

「パラディソ！」私は息をのんだ。手紙を拾いながら、恐ろしい真実がゆっくりと見え始めた。「パラディソのモデルだなんて、言ってなかったじゃないですか！」

ジンは肩をすくめ、私の手から手紙を強く引っ張ると、カバンのなかに詰《つ》めこんだ。「もしそう言っていたら、あなたは撮影《さつえい》を引き受けた？」

「無論引き受けないです！　彼らの服は途上国の搾取《さくしゅ》工場で作られているんです！　子どもを働かせて、奴隷《どれい》同然の給料しか払わないんです。だからあんなに安いんです！」

「あら、でも百パーセントオーガニックで環境には優しいわ」ジンはブツブツ言いながら、床に落ちた残りの書類をすくい上げ、カバンにしまいこんだ。「ねえ、サッシー」彼女はため息をついた。「世界は不完全なの。前にも言ったように、ビジネスは私たちに任せてほしいわ。**本気で**スターになりたいんでしょう？」

「ええ、でも犠牲《ぎせい》を払ってまではやりません！」私はギターをケースにしまい、フタをバンと閉めた。

「何してるの？」ジンは驚いた様子で言った。

「帰るんです！」

「だめよ!」ジンは私の前に立った。「何百人もの人が外で待ってるわ。みんなコンサートを楽しみにしてる。それにあなたはワイジェン・ミュージックとの契約《けいやく》があるでしょう」

「ワイジェン・ミュージックなんてウンザリ!」そう呟《つぶや》いて、腹を立てながらギターケースの金具をパチンと勢いよく閉めた。「レコーディング会社は他にもありますから」

「サッシー」ジンが私の腕《うで》に手を置いたけれど、払いのけた。「もし舞台に上がらないなら、今日演奏しないなら、どのレコード会社もあなたに声をかけない。絶対に。大きなブレイクのチャンスを望んでる子はあなたの他にいくらでもいる。もしここでやめて観客をがっかりさせたら、どこもあなたを採用したがらないわ。ワイジェンがなければ、他もない。わかるかしら?」

私は深く息を吸った。

しばらく時間が止まってしまったように感じた。

ジンは正しい。自分でもわかってる。

彼女は腕時計を見た。「あなた次第よ」彼女はそう言うとカバンを手に取った。「五分後にステージに上がる時間よ」

そう言い残して彼女は去っていった。

34章

狭いスペースを行ったり来たりしながら、色々な考えがまるで落ち葉のようにクルクルと頭のなかを舞う。たった一つのチャンスなのに、ここからただ逃げるだけで本当にいいの？　ここまで来るために、いったい何回夢を見てきたの？

私は花束を手に取り、香りが心を落ち着けてくれるかもしれないと思って、花に顔を埋《う》めた。小さな封筒が床に落ちた。私はそれを拾い上げ、震《ふる》える指で開けた。表紙にヘンテコなカールヘアの女の子が描かれた、マッチ箱ほどもない大きさの、手作りのカード。彼女の頭の上には、大きな銀の星が光っている。

カードを開ける。中身にはただ一言だけあった。

ツイッグ。

ツイッグ！　心臓が速くなる。ここにいるんじゃないかと思って、思わず振り返った。

でも、私は一人ぼっちだった。ここには誰もいない。バカみたい！　ツイッグがここにいるわけがない。きっと私たちがここへ来る前にこれを準備して、メーガンに預けていたんだ。

司会の声がスピーカーから聞こえ、ハッとした。彼は場を和ませ、今夜は素晴らしい夜になるぞと言った。ところどころで観客は歓声をあげた。

私は椅子《いす》にぐったりと座り、考えを整理しようとした。もしタスリマがここにいたら、いいアドバイスをしてくれただろう。もしコーデリアがここにいたら、呪文《じゅもん》を唱えて、愚《おろ》かな写真撮影《さつえい》の前まで時間を戻《もど》してもらっていただろう。

ちょうどそのときフェニックスがカーテンから頭をひょっこり出した。「楽しんで、サッシー」彼はにこりと笑って親指を立てた。「**ワオ!** その衣装、最高に似合ってるな!」

そして彼はいなくなった。そして一人になった。そのとき、ジンがこれまでいかに上手に私をだましてきたか、気がついた。パラディソの洋服の新シリーズのモデルをした。あのパラディソの! もう、あの写真が『ツイーンクイーンマガジン』にのることを止めることはできないだろう。私がだまされたことなんて、誰も知ることはないだろう。

それってす**ご**くムカつく! でももし怒りを追い払ったら、どんなことができるだろう?

ポケットからツイッグの友情ブレスレットを取り、数珠のように指でなぞった。

急に気持ちが固まった。ジンの言うことも一理ある。こんなに大きなチャンスを利用しないのは間違っている。

ステージの向こう側で、再び観客から歓声があがった。

急いでギターケースを指で探り、ケースの金具を外した。ちぎれた友情ブレスレットをギターのネックの、チューニングをするペグのすぐ下に巻きつけて、ギターのストラップをかけた。

司会が私の名前を呼び、観客は声をあげた。私はタスリマ、コーデリア、メーガン、お母さん、そしてピップが一番前で、私がここでやることを待ち望んでくれていることを考えた。

歌うこと。唯一無二になること、サッシー・ワイルドになること。

心臓が胸を打つけれど、深呼吸をしてステージに飛び出した。

35章

観客はすごい人数で、いろんな色がまるで海のように一面を埋《う》め尽くしている。

私がステージの前に出ると、歓声が徐々に消えた。

「こんにちは!」マイクで話す。「サッシー・ワイルドです。歌います」

少しだけ、声援が沸き上がる。初めのコードを弾いたとき、ジンが舞台袖《そで》にいることに気がついた。彼女は満面の笑みで両手の親指を立てていたけれど、私は微笑《ほほえ》み返さなかった。

そして私は歌っている。すべてのものがかすんでいく。歌うときは、そういう感覚なのだ。

初めの曲が終わるとき、観客は拍手をした。私はコーデリアとタスリマとメーガンが、足元の真正面で、《スターのサッシー!》という横断幕を揺《ゆ》らしているのを見つけた。その横にはお母さんとピップが、頭の上で手を叩きながら大声で叫《さけ》んでいる。

「あそこにお母さんがいます」私は観客に向かって言った。「ちょっと盛り上がりすぎてるみたいです」

みんなが笑い、誰かが叫《さけ》んだ。「いいぞ、サッシー、いいぞ！」視界の片隅《かたすみ》で、フェニックスがステージの脇に立っているのが見えた。

「二番目の曲はちょっとラブソングみたいな感じです」マイクで話すと、自分の声が巨大なスピーカーから響《ひび》いた。「私はまだ十三歳だけど――」会場から大きな歓声が沸き上がり、それがおさまるのを待った――「でも私は特別な人との出会いを理解できる歳です。次の曲はその人に送ります」

私はステージの脇を見ないようにしたけれど、それでもフェニックスがそこにいて、こちらを見ていることを考えた。私はギターをそっと鳴らし、「夢見るだけじゃはじまらない」を歌い始めた。ゆっくりとして、しんみりとロマンティックな歌で、私が歌う間、観客は息を止めているようにみえた。

つねってよ、きっと夢でも見てるんだ
空は青い　頭は軽い雲のように
私の隣に君がいる　きっと夢から抜け出したのね
君と歩く　夢の外で
心はずむ　君のしわざ

曲を進めるうちにテンポを上げ、音量も盛り上げて曲を終え、深いおじぎをした。

会場は拍手喝采《かっさい》。私はステージの脇を見た。ジンは宙をパンチしている。フェニックスは私を見つめてにやけている。またしても、会場が静かになるのを待った。今になってテレビカメラを見つけたけれど、考えないようにした。タスリマのアドバイスどおり、シンプルに自分らしくいたい。深呼吸をした。

「最後の歌をうたう前に」私はスタンドからマイクを取って言った。「ピップに――私の妹です――ここに来てほしいです」ピップが興奮《こうふん》して金切り声をあげ、観客はピップのために道を開けた。クレーンの前にいた背の高い人がピップをステージに持ち上げ、ピップは顔を輝《かがや》かせて小躍りしながら私に抱きついた。

「ピップは世界で一番最高な妹です」私は続けた。「先週ピップはパラディソで新しいドレスを買ってもらいました。でもそれを返品しました。その理由を、みんなに話してほしいの」

ピップの鼻先にマイクを差し出す。

「だって、パラディソの服は搾取《さくしゅ》工場で小さな子どもたちが作ってるから」ピップはマイクに向かってか細い声で言った。観客は「アアアァァ」、「アラァァァ」と声をあげ、なかには

「ひどい会社だ」と叫《さけ》ぶ人もいた。

「ありがとうピップ」私はマイクを受け取り、深呼吸して観客のほうを向いた。「そして実は、今夜私に用意されていたこの衣装もパラディソの服だと先ほど知りました」私はマイクをスタンドにつけながら言った。「ピップと同じくらい小さな子どもたちが、何時間も働いている。だから最後の曲を歌う前にやりたいこと——いえ、**やらないといけないこと**——があります。世界じゅうの搾取《さくしゅ》工場の子どもたちのためにやります！」

ギターを下ろすと、ピップに渡した。そしてクリーム色のレースのブラウスのボタンを外し、引っ張って脱いで床に投げ捨てた。観客は息をのんだ。フリルのミニスカートを脱ぐと、それをジンがいるほうへ蹴飛《けと》ばした。彼女は怒った様子で私をにらみつけ、私はおそらくレコーディングの契約《けいやく》の最初で最後のチャンスを台無しにした。ピップの口があんぐりと開いている。私は落ち着いてピップからギターを受け取り、可愛《かわい》いキャミソールとパンツ姿で、ギターのストラップをかけた——考えてみれば、アリゾナ・ケリーの歴代のステージ衣装よりもこの格好のほうがずっと控えめじゃないかな。

しばらく**めちゃくちゃやかましく**ギターを鳴らしてから、そのまま「搾取《さくしゅ》工場の子ども」を始め、力いっぱい、大声で歌った。ほどなくして、観客はうなり、曲に合わせて拍子を始めた。

二番を歌うときには、マイクの高さを下げ、ピップも一緒に歌った。そしてみんなで歌った。最高だ。三回目のメロディーのところで激しく叫《さけ》び、会場一体が揺《ゆ》れているよう――

そのとき突然、ステージのライトが消えた……。

歌い続けているけれど、自分の声がとってても小さくてほとんど聞こえない。ギターを弾いても、ほとんど音がない。観客の歌声は勢いを失い、そして静かになった。混乱してあたりを見回した。ステージの脇で、ジンが満面の笑みで手を振っている。そういうことか！　彼女が主電源を切ったんだ！　電気が消えた。その場に立ったままで、どうすればいいかわからない。叫んだり、ブーイングをする人も出始めた。ジンは私を無理やり引きずり下ろすかのようにこちらにやってくる。するとそのとき、大混乱のさなかで、とある少年が観客をぬってステージへと飛び出してきた。

ツイッグ！

「やあ！」彼は走って通り過ぎた。私の心は壮大なトリプルバックフリップをきめ、喉《のど》の奥で不安定に着地した。

気がつけばツイッグは大きな赤いハンドルを引っ張り、主電源が点いた。流れるように明かりが点く。マイクは甲高《かんだか》い音とともに息を吹き返した。私がギターを弾くと、大きなスピーカーから音が轟《とどろ》いた。声援が上がる。ツイッグはスイッチの前にどっしりと張りつき、ジンに立ち向かっている……。

そして私は再び歌った。

歌い終えて「ありがとう、ありがとう」と言ったあとでも声援は続いた。ピップはスカートをつまんで何回かおじぎをして、ステージの下の、抱っこしようと待ちかまえていたお母さんの元へと飛んでいった。

手を振り、「ありがとう」と口を動かした。背中を見せずにステージからはけることで、私が脱ぎ捨てた威厳《いげん》を、ギターが少しだけ保ってくれた。

「最高だったよ」私が舞台袖《そで》へと戻《もど》りツイッグとすれ違うと、彼はにこりと笑った。

「ツイッグもね」私もにこりと笑った。

フェニックスは舞台に上がるのを待っていて、私は何が起こるか楽しみにしていた。

「すごいね」彼は微笑《ほほえ》んでから、ツイッグを見てうなずいた。「君も、すごかった」

司会はもう彼の名を呼んでいた。「それではお迎えください、唯一無二のフェニックス・マクロードです！」

「あ、舞台に上がる前に、これなら着られるかも」フェニックスはそう言って私の肩にシャツをかぶせた。「大丈夫。僕のために手作りされたものだよ。インバネスで。僕のお母さん製」

しばらくフェニックスの目を見つめた。観客は叫《さけ》んでいる。「フェーニックス！　フェーニックス！　フェーニックス！」

「楽しんで！」私は微笑んだ。「会場は温めておいたつもりです」

「そうみたいだね」彼は笑った。「圧巻だった、サッシー・ワイルド」

36章

私がシャツを着ているうちに、ツイッグは私のギターをケースにしまってくれた。シャツは長くて、丈の短いワンピースみたいに見える。

「行こうか」私はツイッグの花束を持って言った。彼からの小さなカードを握《にぎ》りしめ、私たちはしばらく見つめ合った。

「ありがとう。色んなこと」

「どうってことないよ」ツイッグは肩をすくめた。

金色の星の下でギターを弾く女の子の絵を見て、悲しい気持ちで微笑《ほほえ》んだ。

「私、もうスターにはなれないよね？」

「そんな心配をしていたの？」

首を横に振ると、らせん状のカールヘアがはずんだ。「別に」平気な顔をしてみせたけれど、本当は苦しい。「裏切らないって約束したから……。信じてくれてた？」

「サッシー」ツイッグは言った。私は彼を見つめた。彼の目は濃いはちみつのように茶色い。温かい。彼の顔がほんの数インチ先にある。そして私は思った、いよいよ！　ついに！　一番星に願ったお願い事！　ツイッグがキスをするんだ!!

「君はずっとスターだよ」彼はささやき、彼の息が頬《ほほ》にあたるくらい近づいたとき……突然スタッフがもじゃもじゃの顔をカーテンの間から出した。

「ワイジェンのベンを探してるんだ」彼は叫《さけ》んだ。「見なかった?」

私が首を振ると彼はいなくなり、私がツイッグのほうを見たときには、さっきの魔法は消えていた。

「ここを出よう。ベンとジンにはホントに会いたくない。今日は無理」

ツイッグは私のギターをつかみ、私は道を先導した。二人で仮設階段を急いで降りた。フェニックスが一曲目を終えると一帯でものすごい喝采《かっさい》が沸《わ》き起こった。胸のなかで、何かが引きつった。あの場に立つのは最高だった。大勢の観客の前で歌うのは最高だった。喝采《かっさい》を聞くのは最高だった。生きているって感じがした。ずっと夢見てきたことだった。覚えている限りずっと。

そして今、私はそれを台無しにした。

37章

二人でフェニックスを見るお客さんを押しのけていると、みんなが私を指さして噂《うわさ》し合っていた。女の子が私の腕《うで》をつかんで耳元で叫《さけ》んだ。「あなたのCDはどこで買える？」心臓が、ズキンと胃を叩く感じがした。私は首を横に振った。「買えない」声が震《ふる》えないように気をつけた。「契約《けいやく》を結んでないから」

「きっと契約できるよ！」彼女は笑った。「最高だったもん」

するとお母さんが私たちを見つけて手を振り、メーガンとコーデリアとタスリマとピップが駆《か》け寄って私を囲んで興奮《こうふん》気味にハグをしながら叫《さけ》んだ。

「すごかったね！　サッシー！」メーガンがニヤリと笑った。「きっとうまくいくはずって思ってた！　ずっと信じてた！」

タスリマはハグをしながらささやいた。「正しいことをしたね、サッシー。そうでしょう？」

「そうだね」私はそう答えると、落ちこみの涙が目の奥で込《こ》み上げた。

そのときフェニックスがメーガンのお気に入りの曲の冒頭のコードを弾いた――ここに来るときの車で何度も何度も流し続けていたやつ――これ以上私に質問ができないくらい大きな音が鳴りほっとした。メーガンはヒューーと叫んで手をあげて揺《ゆ》らし、タスリマとコーデリアまで曲に合わせて歌い出した。演奏が終わると観客は熱狂した。

「次の曲はすごく特別な人のために歌います……」ようやく歓声がおさまると、フェニックスはステージの上でそう告げた。私は今、私が立っていたい場所、つまりツイッグの隣に立っている。だけどその思いに反して心臓は高鳴った。

「彼女は最近出会ったばかりです」フェニックスは続けた。「だからこの歌は彼女のために書いたものではありません。でも今夜はこの歌を彼女に捧《ささ》げます――」彼がギターを鳴らすと観客は歓声をあげた。背筋がぞくっとして、自分の脳が考え始めていることを受け止める勇気がなかったけれど、もう手遅れだった。

「だって、今夜彼女がここでやったことは本当に特別なことだったから」フェニックスがそう言い、観客は再び歓声をあげた。「世界じゅうの、自分で声をあげられない子どもたちのために彼女は立ち上がりました。だからサッシー・ワイルド、もしも君がここにいるなら、この曲は君のものだ!」

彼はギターを激しく弾き、そして楽しくてファンキーな、ヘンテコな女の子に恋をする歌が始まった。頭のなかが真っ白だ。感情が、万華鏡のように頭のなかをクルクル回る。レコーディング契約《けいやく》を台無しにして意気消沈《しょうちん》している。ツイッグが来てくれてああシアワセ。しかも今はフェニックス・マクロードが私のためにうたっている！

するとと突然、フェニックス以外も見えた。観客みんなを見た。歌を聞き、一緒に揺《ゆ》れ、一緒に歌っている。メーガン、コーデリア、タスリマ、ピップ、それにお母さんまで。何もかもスッキリした。フェニックスはパフォーマーなんだ。彼はパフォーマンスをしている。彼はみんなのために歌っているんだ。

そしてツイッグは現実の存在なのだ。私は彼の手をぎゅっとつかみ、引っ張った。「ツイッグがいてうれしい」私は彼の耳元で叫《さけ》んだ。

「僕も」彼は目をキラキラさせながら微笑《ほほえ》んだ。「フェニックスは本当にかっこいいね？」

「うん……そうだね……でもツイッグほどじゃないよ」

月明かりの下、ツイッグは振り返って私を見つめた。「ごめん」彼は叫《さけ》んだ。「なんて言った？」

私は息を深く吸いこみ、ツイッグの耳に手を添《そ》えた。

「うん、そうだね、でもツイッグほどじゃないよ、って言ったの！」

「聞こえてた」ツイッグはニヤリと笑った。「もう一回聞きたかっただけ！」

38章

フェニックスの出番が終わるとお母さんは私たちにユルトに戻《もど》るように言った。明るい月の光の下で足元に気をつけながら森の小道を歩くなか、ツイッグはどうやって七時になる前にここまでたどり着いたのかを話してくれた。

「でも来るなんて全然知らなかった!」私は大声を出した。「なんで教えてくれなかったの?」

ツイッグは肩をすくめ、乱れた前髪《まえがみ》で目が隠れた。「来る予定じゃなかったんだ。ある意味、衝動的なものだったんだよ。父さんが駅まで送ってくれて、最後の数マイルは自分で歩いた」

「お父さん、心配しなかったの?」タスリマは尋《たず》ねた。

「父さんには、サッシーのお母さんが迎えに来てくれるって言ったんだ。車のなかで寝られるかも、って」

「ううーん……」コーデリアは目を細めた。「あなた、超能力者ではないよね?」

「そんなことはないさ」ツイッグは笑った。「危険を冒す覚悟ができてたんだ。本当に大切なことのためなら、そうするだろう」彼が向けた視線を、私はウキウキで受け止め、レコーディング契約《けいやく》のことで落ちこんでいたのに、大きな幸せがふわふわと湧《わ》き上がってきた。

「ここへ来てくれて」私は静かに言った。「色んなこと、全部がうれしい」

「僕も」ツイッグは微笑《ほほえ》んだ。「サッシーのパフォーマンスを一つも見逃さなかった」


ユルトに戻《もど》ると、お母さんはキャンプファイヤーを提案し、その間に「みんなちょっと落ち着こうホットチョコレート」を作った。

「大丈夫、サッシー？」全員がココアを手にして、オレンジと赤が混じる火の周りに集まったときにお母さんは言った。「ほら、あの……その……起こってしまったこと」

「時間を戻《もど》せたとしても、同じことをすると思う」私はため息をついた。「妥協はしたくない、本当に大切なことだけは。自分が自分じゃなくなっちゃうもの」目の奥で涙が込《こ》み上げてあふれないように下唇《くちびる》をかんだ。

お母さんがハグをしてくれた。「正しいことをするために、犠牲《ぎせい》を払ったのよね。私はとっても誇《ほこ》らしかった」

「みんな誇らしかったのよ」タスリマは穏《おだ》やかに言った。

「**ただし**」お母さんは素早く切り返した。「人前で服を脱いだことはダメよ!」

みんなが笑い、私は頰《ほほ》に少しだけこぼれた涙を拭いた。

「ステージで**絶対に**服を脱がない人ランキング**トップ**だと思ってたのに!」メーガンはクスクス笑った。

「だよね、絶対にしないと誓《ちか》っていたことの一つだったのに!」私は震《ふる》えながら頑張って笑顔を作った。「ジンが私に黙《だま》ってパラディソの服を着せていたことに気がついたとき、初めはステージに上がるのをやめようって思った。ギターも片づけたんだよ。でも思ったの、もしここで歌わなかったら、搾取《さくしゅ》工場で働く子どもたちのことを指摘するチャンスを失うことになるって。それでひらめいたの。みんなビーチではビキニを着るでしょう。だからそんなに大きな問題ではないんじゃない?って」

私が何も言わずにいると、ジープが飛んできて、ヘッドライトが私たちを照らした。ツイッグは私のそばに寄り、手をにぎった。車は私たちのユルトの前に停まり、ライトが消えて二人が飛び降りた。ベンとジンだ。

「やあ、サッシー」ベンは言った。「リュックを忘れていたよ」彼はジープの後部座席からリュックを取り、振り回した。

「どうも」私は呟《つぶや》いた。

ベンが近づいてくるなか、ジンは木のかげに残っていた。

「ちょっと話せたらと思っていたんだけど、どうかな？」彼は顎《あご》でユルトをさした。「僕らだけで」

「もちろん」しぶしぶ、私はツイッグの手を放して立ち上がった。

「私もいたほうがいい？」お母さんが言った。私は首を横に振った。自分自身で立ち向かわないと。正しいことをしたっていうのはわかっているけど、それでもこのバカげた世界では音楽に向き合わなきゃいけなくて、私がみんなに残念なことをしたっていう説教を我慢《がまん》して聞かないといけない。

夜のユルトのなかは素敵だ。金のランタンが優しく光り、クリーム色のカンバス地の壁《かべ》にぼんやりと幽霊のような影を作っている。私はジンとベンに向き合う形でソファに座った。こんなに素敵な空間にいるのに、銃殺《じゅうさつ》されるかのような気持ちだった。

「今日やったこと、わかってるね、サッシー？」ベンは尋《たず》ねた。私はサッと顔を上げた。反射的に。

「実を言うと」急に怒りが込《こ》み上げた。「私は大成功だったと思いました！」

ベンはうなずいた。「そう、実は僕らもそう思った」

「なんておっしゃいましたか？」私は息をのんだ。

「成功したと思ったよ」ベンは繰《く》り返した。「正直、予想外だった。それに、このあとパラディソと『ツイーンクイーンマガジン』との関係修復は修羅場《しゅらば》になるだろう。でもインパクトのある演奏だった」彼の顔に満面の笑みが広がった。「君の人を惹《ひ》きつける能力は素晴らしい。注目されているうちにファーストシングルを出さないとな」

「えっ？　ファーストシングル？　契約《けいやく》していただけるんですか？　私、全部台無しにしたんじゃないんですか？」

「えっと、寸前だったよ」ベンはクスクス笑った。「でも観客は君を気に入った。そしてメディアもだ。君がステージから下がってから、電話が鳴りっぱなしだ。みんな、君が何者で僕たちがどこで君を見つけたのか知りたがっている。明日、大体の新聞にはのると思う」

「それにテレビの取材班も全部撮影《さつえい》してた」ジンは付け加えた。「センセーションを巻き起こしたのよ。そして私たちのビジネスはそれがすべてなの。だから悪く思わないで、ね？」

ジンは手を差し出したけれど、私は握手《あくしゅ》をしなかった。

「嘘《うそ》をついてましたね」私は静かに言った。

「実際は嘘《うそ》はついてないわ、サッシー」彼女は明るく言った。「私はただすべてを伝えなかっただけ。正直そこまで大切なことだったなんて――」

「でも、大切でした」

「今はわかってる、ごめんなさい。だから悪く思わないで、ね?」彼女はまだ手を伸ばしているけれど、私は動かなかった。

「ええ。撮影《さつえい》のことは仕事としてやっていたのでしょうからわかりますが、Tシャツとアイロンのこと――あれはひどかったです」

「でもあれはアクシデントだったの!」ジンは叫《さけ》んだ。「神に誓《ちか》うわ、サッシー。ちゃんとアイロンをかけようとしたのに、縮んで焦《こ》げちゃって。どうしようもなかったの!」

「本当に?」彼女の顔をうかがった。本当は、彼女を信じたい。

「本当に」彼女の顔は青ざめていた。「あなたの服をわざとダメにしたりしないわ」

「なあ、サッシー」ベンが立ち上がって言った。「もう遅い時間だ。挨拶《あいさつ》に来ただけだったから。契約《けいやく》のことに関しては来週に連絡するのはどうかな?」

「もちろんです」私はベンに言った。「でももし契約したら、絶対に嘘《うそ》をつかないでもらいたいんです。私が大切にしていることは、真剣《しんけん》にとらえてほしくて」

「もちろんさ」ベンは笑った。

それなら決まり!

ついにレコーディング契約!

わっほーい! わっほーい! わっほーい!

39章

私がベンとジンと話していたとき、コーデリアは勘《かん》をはたらかせて車のすみっこにあったもう一つのマシュマロの袋を発見していた。すでにジャンクフードを食べすぎだから、とお母さんがその袋を取り上げようとしているときに私がユルトから飛び出した。興奮《こうふん》するあまり、うまく話せなかった。ついにファーストシングルのチャンスをもらえたということを!
「イェイ!」お母さんの古ぼけた脳みそが何が起きたのかを理解しようとする間に、コーデリアはマシュマロの袋をバリバリと開けた。「お祝いだ!」
「ああ、そうよね」お母さんは諦《あきら》めた。「あと十五分だけよ。あとツイッグは、車のなかに寝床を用意してあげるわ。ブルースターと一緒に寝るのよ」
「いいですね」ツイッグは、マシュマロを……えー、枝《ツイッグ》——の先に挿《さ》して焚《た》き火で焦《こ》げ目をつけていた。マシュマロを火からあげると火の明かりにてらされた飴色がきれいだ。彼はそれを私に手渡し、私はマシュマロを口に運んだ。甘い味がどろりと溶けた。

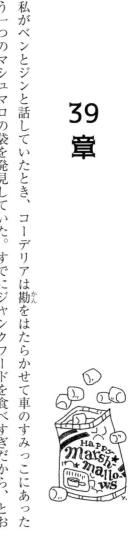

ピップはツイッグにマシュマロを焼いてもらうのを待ちながら、私に擦《す》り寄った。「ピップも立派だったね」私はヒソヒソと言った。

「そうでしょ！　正直、私って真のスターなんだって思ったの。大勢の人の前でマイクで話すの、気に入っちゃった。お父さんみたいに、政治家になろうかな！」

「あら、やだ」お母さんはうめいた。「政治家は一家に一人で充分だわ！」

みんな笑った。

「ねえみんな！」メーガンはうれしそうに飛び跳《は》ねた。「ここにいるのは今夜が最後でしょ。キャンプファイヤーの周りで全員で写真を撮《と》らない？　カメラ持ってくるね。待ってて！」

彼女はユルトに走っていった。

「カメラといえば」私はホットチョコレートを飲みながら言った。「ずっと気になってることがあって。ブルーベルの森で私が歌っていたのを撮影《さつえい》してインターネットに公開したのは、誰だったのか、まだわかっていないんだ」

「ああ、それなら知ってるよ」ツイッグはとろけたマシュマロをタスリマに手渡しながら言った。「でも教えないって約束したんだ」

「えー、すごく気になるよ！」私はツイッグの手をつかみ、ふざけて揺《ゆ》すった。彼はクッションに倒れこんだ。「無理に問い詰《つ》めるしかないってこと？」

「ツイッグに約束を破らせるなんて！」コーデリアは叫《さけ》んだ。「そんなのかわいそう！　きっとバチが当たる、一生！」

「サッシーは非暴力だと思ってたのにな！」ツイッグがそう言うので、私は彼の手を引っ張るのをやめた。

「でもホントに知りたい！」私はツイッグの手を放しながらため息をついた。

「どうして？」タスリマが尋《たず》ねた。ゆらゆら踊《おど》る炎の向こうで私を見つめている。「どうして知りたいの？」

私はしばらく考えこんだ。どうして知りたいんだろう？

「気になるからだと思う」私はゆっくり言った。「でもそれだけじゃない。お礼を言いたいんだ。あのビデオのおかげで大きなチャンスをつかんだんだもの」

「そうね。誰がやったにせよ、あなたのことを大切に思っているはずよ」とタスリマ。

「きっとすごくいい友達なんじゃないかな」とコーデリア。

そしてピンときた。「みんな知ってるんでしょう！　みんな知ってて私に隠してるんだ！」

「うん、確かに、私は知ってるよ」コーデリアは謎めいた笑顔を浮かべ、緑の目が火の明かりで光った。「だって超能力者だもの！」

「私も知ってる、だって人の心理を観察して分析することができるから」タスリマはいたずらっぽく言った。

「僕も知ってる、本人から聞いたから」ツイッグが言った。

「私は**知らない**」ピップはうとうとしながら言った。「だって誰も何も教えてくれないんだもん！」

「じゃあ誰なの？」私はやきもきしながらキーキー声で言った。

「当てて！」とタスリマ。

「ヒントは」とコーデリア。「ここにいる誰か」

私はゆらゆら踊《おど》る火の明かりのなかで、みんなの顔を見回した。コーデリアはトロトロのマシュマロをなめている。タスリマは謎めいた微笑《ほほえ》みを浮かべている。ツイッグは前髪《まえがみ》の奥で私をじっと見ている。ピップは焚《た》き火で温まりながら眠りかけている。

「今は**ここ**にいないかもね」タスリマはヒントを修正した。「でもそう遠くはないわ」

「お母さん？」私が興奮《こうふん》して言うとみんなは笑いながら首を横に振った。

ちょうどそのときメーガンがカメラを持ってユルトから戻《もど》ってきた。「やっと見つかった！」コーデリアとタスリマは顔を見合った。

ようやく謎が解けた。「メーガンだったの！」私はハッとした。

メーガンは不思議そうに私を見た。「何が私だったの？」

「ビデオを撮《と》ってインターネットにあげたの！」私は叫《さけ》んだ。暗闇《くらやみ》のなかでもメーガンの顔が赤くなるのがはっきりわかった。「内緒にするはずだったじゃん！」彼女はツイッグに怒って言った。

「僕は何も言ってないよ」ツイッグは肩をすくめた。「とにかく、サッシーは知っておいたほうがいいよ。本当に最高なことをしたんだから」

「でもどうして教えてくれなかったの？」私は聞いた。

「あのね」メーガンは急に、恥《は》ずかしそうにうつむいた。「覚えてるよね……ほら……私が七年生の頃にやったあのこと？」

「でもそんなの大昔だよ。家族のことで大変だったんでしょ。もうそのことは大丈夫だよ」

完全な本心ではないけれど、私はそう言った。

「それで、まだ足りないって思ってた。なんていうか、私の良心をハッキリさせる、みたいなことがね？」

私は炎を見つめた。本当は、私も心の底では思っていたことだけど、でもそれを自分自身で認めたくなかった。

「とにかく、私はツイッグのお父さんのカメラを持って、あの片手で持てる小さいやつね、それでブルーベルの森に行ったの。もしかしたら面白いことが起こるかもしれないと思って。あとで録画を確認したらすごくよかったから、インターネットにのせた」

「でもまだわからないんだけど」私は混乱しながら聞いた。「どうして私に知られたくなかったの？」

「あのね、私、本当に仲直りしたかったの——でもそのために何かしようとしてるって思われたくなかった。わかるでしょ、何かをしてあげることで友情を買うみたいなこと」メーガンは深くため息をついた。「私自身を好きになってもらいたかったから」

メーガンが今までと違って見える。こういうことをみんなの前で言うのって、すごく勇気のいることだ。そして、そう、ようやく、私は彼女を信じることができた。友達に戻《もど》れたんだ。

「でもメーガンのことすごく好きだよ。友達だもの」私はメーガンをしっかりと抱きしめた。

「本当？」メーガンは心配そうに声を震《ふる》わせた。

「まあ、たまにムカつくときもあるけど」私はふざけて言った。「でも私もムカつかせちゃってることあるだろうし！」

「それはそのとおりね」お母さんがやってきて、呟《つぶや》いた。「挨拶《あいさつ》をしようとクリスのユルトへちょこっと寄ってきたんだけど。変なことを話したでしょう。私、治療《ちりょう》中じゃないわ！」

コーデリアはケタケタと笑い出した。それが伝染したかのように、メーガンと私も笑い始めた。ツイッグはマシュマロを焚《た》き火で炙《あぶ》りながら、目玉をぐるりと回した。「みんなして何で笑ってるんだ?」

タスリマが論理的な説明をしようと口を開きかけたけれど、メーガンが目配せをしてやめた。そしてこれってとってもいい気分、三人の親友とボーイフレンドと一緒に、キャンプファイヤーを囲んで笑って、マシュマロを焼くなんて!

人生がこれ以上よくなることなんて、ないんじゃない?

まもなくしてメーガン、コーデリア、タスリマと私はユルトのなかの寝袋に横たわった。ピップはすでにウトウトランドへと旅立ち、幸せそうにサインブックをにぎりしめている。フェニックスはピップのために金色のインクでスペシャルメッセージを書き、ピップは感激していた。彼と結婚する予定だとまで言って——もちろん、もう少し歳をとってからね。

「あることについて考えてたんだけど」私は静けさをやぶった。

「なあに?」コーデリアはあくびをした。

「三角形と友情のこと。思ったんだけど、きっと三角形は一番いい友情の形ではないよね。でも四角も違う。そんなのヘンテコだもの」

タスリマは振り返り、頭を肘《ひじ》にもたせかけた。「私もそのことについて考えてたの。友情は三角形や四角形にはならないわ。円形になるの」

「そのとおり」私は暗闇《くらやみ》のなかでため息をついた。「丸はいい形だね。友情の輪」

「それなら友達が何人だろうと関係ないもの」タスリマは優しい声で説明した。「三人、四人、五人でも。大切なのは、壊《こわ》れないようにすること」

「そしたら私、今はもう輪のなかにいる？」メーガンは静かに言った。

「もちろんでしょ」コーデリアは静かに言った。

「ずっといたんだよ」タスリマが付け加えた。

「うん」私は微笑《ほほえ》んだ。「私がただ、それに気がつくのに時間がかかっちゃっただけ……」

ユルトは静かになった。

じっと静かな夜の空気のなか、さざ波のような音楽がメインステージに打ち寄せている。今頃、フェニックスは崖《がけ》の上のトレーラーに戻《もど》って一人デッキに座り、インクのように真っ暗な海を見つめながら静かにギターでも弾いているのだろうか。

そして私は友達のことを考えた――私の友情の輪が――私を囲んでくれている。いつも輪のなかにいたいな。それにスターにもなりたい。きっと人一倍めちゃくちゃ頑張れば、両立できる……。

あくびをして仰向《あおむ》けになり、寝袋を耳まで深くかぶった。ゆっくりと、うっとりと、私は眠りについた。

40章

とうとう帰ってきた!

混沌《こんとん》とした家へと。私たちが出発したあとすぐにフディーニが失踪《しっそう》していた——そして未だに行方不明——それを知ったピップは正気を失った。お父さんはヘコヘコと申し訳なさそうにしている。

「ピップが見せてくれたとおりにケージの扉に鍵をかけたんだよ」お父さんはため息をついて頭をかき上げた。急速に白髪《しらが》が大量に増えたに違いない。「どうやって逃げたのかわからないんだが、次にエサをやろうとしたときには扉が全開になってていなくなっていたんだ」

「鍵は全部閉めていたんだよ」お父さんのアシスタントのディグビーはお父さんをかばった。「ご飯は皿に入れて置いていたから、お腹はすかせていない。つかまえることができていないだけなんだ」

「無事だということはわかっている。エサはなくなっているからね」お父さんは念を押した。

ピップはなぐさめようがないほど落ちこんでいた。「たった二日出かけただけなのに、どうしていなくなっちゃうの？」

「落ち着いて、ピップ」私は突然ひらめいた。「探すのが得意な人がいるから！」

五分後ツイッグが家にやってきた。「あなたが来てくれるなんて！」ピップはドラマチックにそう言いながら彼を出迎えた。「フディーニが姿を消してから丸二日も経つのよ！」

「無事なはずだよ」ツイッグはピップを励《はげ》ました。「ケージの場所を教えて。その周りから取りかかろう。ね？」

ピップはツイッグを二階へ連れていき、空っぽのケージを見せた。ツイッグは私の部屋に行き、私が〈ああやだ、またか〉と思いつつも、ツイッグは四つんばいになり私のベッドの下を見る。

何もなかったので、彼はすぐに起き上がった。

ピップがウダウダとお父さんは何も信用できないという話をしていると、ツイッグはピップの口を手でふさぎ、シッと言った。

ピップは言葉の途中で黙《だま》った。部屋が静かになった。

「聞いて！」ツイッグが呼びかけた。

すると聞こえてきた。小さな鳴き声。それに続いて、鳴き声がいくつか聞こえてくる。

「どういうこと」私はヒソヒソと言った。「フディーニなの?」

私のベッドの下で鳴き声は増えていく。ピップは四つんばいになって下を覗《のぞ》きこんだ。しばらくするとピップは立ち上がり、満面の笑みを浮かべた。

「私、おばあちゃんになったんだ!」興奮《こうふん》して甲高《かんだか》く叫《さけ》ぶと、そのときお母さんが部屋を覗《のぞ》きに来た。

「おばあちゃん?」お母さんはビックリして尋《たず》ねた。

「フディーニに赤ちゃんがいたの!」ピップはうれしそうに説明した。「シャンパン開けようか!」

「でもフディーニは**男の子**でしょう。お店できちんと聞いたじゃない。**男の子**は赤ちゃんを産めないわ!」お母さんは返した。

「彼は今からミセス・フディーニになったってことか」ツイッグは笑った。

「きっと、もらってきたときから妊娠してたのね。どうりで重たかったわけだ!」ピップは言った。

お母さんは頭を振った。「どうかしら、二日間お父さんに任せていたから……。逃げ出して、性別が変わって、妊娠して産んだのかしら。ブルースターを一緒に連れていってよかった。何が起こっていたかわかったものじゃないわ!」

お母さんは一階に戻《もど》り、ピップはフディーニと彼の……じゃなくて……彼女の……赤ちゃんと一緒に自分の部屋へ戻った。ツイッグは私のビーズクッションにドサっと崩れ落ち、いつものように静かに私を見つめた。その目はドキドキと同時に気まずい気持ちにもなる。

ギターを手に取り何度か鳴らした。ドキドキしていることがバレていないことを祈りながら。

「フェスティバルで歌ってたあの曲」ツイッグはゆっくり言った。

「どの曲？」なんて、どの曲のことを言っているのか、わかっているけど。

「夢見るだけじゃはじまらない」

「それね？」ギターを弾きながら言った。

「すごくいいね」

「ありがとう」私は冒頭のコードを弾いた。「とても大切な人のために作ったんだ。歌おうか？」

ツイッグが首を横に振ったので、私はギターを弾くのを止めた。

「あとでね」彼は微笑《ほほえ》んだ。「でもその前にもしよかったら……」

心臓が喉《のど》まで飛び出そう。一番星に願ってから、だいぶ時が経っていた。

「もしよかったら……」ツイッグは繰《く》り返した。「……パソコン貸してくれない？」

私がぬいぐるみをツイッグに投げつけ、ツイッグは私にクッションを投げつけ、枕《まくら》投げ大会が勃発《ぼっぱつ》、ピップが赤ちゃんが起きちゃうから静かにしてと叫《さけ》び、一階では電話が鳴り響《ひび》き、ツイッグの顔が私のすぐそばに来て、そして彼が私にキスをしたとき、頭のなかで歌をうたった。「つねってよ、きっと夢でも見てるんだ！」

ラスト・トラック

私の心にトゲだらけの針金巻いて
きれいにラッピングしたいんだね
押しつけられた役を
言われるがままに演じたりしないよ。

だから私を売り場に並べないで
金で乗っ取ろうとしないで
汚い取引はよして
富も空虚な夢もいらないから。

だって知ってるよ　何をすべきか　すべきじゃないか

知ってるよ　正しいことも——本当のことも
知ってるよ　この世界ではすべてのものが
見えてる通りってわけじゃないことを。

サッシー・ワイルド

訳者あとがき

『サッシーは大まじめ』は、社会問題を真剣に考える女の子が家族や友達と一緒に問題に立ち向かうお話です。この本はサッシーシリーズの二巻目となり、一巻で書かれた話のすぐあとの物語です。

原書のタイトル *Pinch me, I'm Dreaming* の直訳は「つねってよ、夢でも見てるんだ」ですが、サッシーの魅力が伝わるタイトルを考えて「夢見るだけじゃ、はじまらない！」になりました。一巻で環境問題に立ち向かったサッシーは二巻でも大活躍し、ますます勇敢な行動を取りましたね。夢に向かって大きな一歩を踏み出した一方で、友達と過ごす時間が減ってしまい、取り残された気持ちになるサッシー。しかも、仲よくしていた友達のメンバーにけんか中のメーガンが加わります。友達との仲直り、友達を許すまでのモヤモヤした気持ちが丁寧に書かれ、私自身も共感しながら読みました。

そして前作の「環境問題」に加え、今回の大きなテーマは「搾取《さくしゅ》」と「児童労働」でした。ここからは、その背景や実際に起きていることを知り、サッシーのように行動するきっかけとなることを一緒に考えてみましょう。

◆「搾取《さくしゅ》」ってなに？

ピップがパラディソで買った服は、搾取工場（別名スウェットショップ）で遠い国の子どもたちが作ったものでした。搾取とは「しぼりとる」ことです。パラディソは子どもたちを少ない給料でたくさん働かせることで、儲けをしぼりとっているのです。（ちなみに、子どもだけでなく、大人を少ない給料でたくさん働かせることも、搾取になります。）

子ども向けの商品を作っているのが子ども、という事実はとてもショッキングです。子どもが遊ぶための人形やサッカーボールを、なんと同年代の子どもたちが、学校にも行かずに作っていることもあるそうです(1)。

『サッシーは大まじめ 夢見るだけじゃ、はじまらない！』がイギリスで出版された二〇〇九年と比べると、工場で児童労働をしている子どもの数は減っていますが、それでも二〇二四年現在で、世界の子どもの十人に一人は児童労働をしているといわれています。

「子どもは仕事を一切してはいけない」というわけではありません。社会勉強のために子どもが職業体験をすることは日本でもよくあることです。この本を読んでいる子のなかにも、学校に行きながら放課後や休日に家族の仕事を手伝う人もいるでしょう。もしも仕事内容が危険ではなく、学校に行くことができていれば、その仕事は児童労働ではありません。たとえば、サッシーがワイジェン・ミュージックと契約してデビューしても、学校に通うことができ、きちんと給料をもらって活動すれば、それは児童労働にはならないのです。

児童労働や搾取《さくしゅ》の問題点は、学校に行くことができず、わずかな給料で危険な仕事を長時間していることです。

◆服は、たくさんの人の仕事で作られている

私たちの身の周りにあるものは、じつにたくさんの人の仕事に支えられて作られています。たとえばTシャツは、原料となる綿花を育てる人がいて、それを布にして、ミシンで縫い合わせる人がいて、出来上がったTシャツを船やトラックでお店に運んで、店員さんが売ります。

お店で売られている服は、メーカーが一から作ることは少ないです。原料を外国から仕入れたり、外国の工場にお願いして作ってもらったりすることが多いです。原料を作る人、工場で商品を作る人、とたくさんの仕事が関わると、それだけお金がかかります。お金がかかると服の値段が上がってしまい売れにくくなるため、原料や工場での費用を抑《おさ》えようとします。そのため、子どもが綿花を作っていようと、工場で子どもが働いていようと目をつぶって、安く仕入れられるところから仕入れるのです。

服を作るメーカーは児童労働をなくすために努力をしていますが、大人の搾取はまだまだ続いています。少ない賃金で毎日十二時間働く人もいます。(2)

最近はインターネットを使うと格安で服を買えますが、このような話を知ると、「安いから」、「流行《はや》っているから」という理由で次々と服を買うわけにはいかなくなりますね。買った服はできる

だけ長く大切に着たいものです。

◆携帯電話やパソコンも搾取でできているかもしれない

搾取をしているのは、服だけではありません。私たちが日常生活で使用している携帯電話やパソコンにも児童労働が関わっています。コンピュータの部品に使われるスズやコバルトなどの鉱物を、子どもたちが採っていることがあるのです。

鉱物を掘るときにはきちんとした作業服やマスクをしないと、鉱物の細かなちりが体内に入って有害ですが、子どもたちは作業服を着ないまま働いています。また、現場は地滑《じすべ》りや火事の危険があり、死亡事故も発生しています。(3)

携帯電話を作る工場が危険な場合もあります。機械の安全対策が不充分で怪我をするおそれがある上に、携帯を作るときに有毒ガスが出るのに保護具も換気システムも準備されていないのです。そして、長時間の労働をさせられています。(4)

◆他にどんな商品があるだろう

私たちが普段食べているチョコレートの材料のカカオを育てるときにも、エビや魚を獲るときにも、児童労働が関わっているかもしれません。

また、車や化粧品の材料に使われるマイカという鉱物を採るために、二万人の子どもたちが働いているといわれています。

マイカが市場で取引されるとき、子どもが採ったマイカであることが知られてしまうとメーカーに買い取ってもらえないため、大人が採ったものだと嘘《うそ》をついて売られます。どれが児童労働のないマイカなのかわからなくなってしまうので、非常にやっかいです[5]。

鉱山での仕事は危険で有害なため、たとえ大人が働くとしても現場をきちんと管理する必要があります。そのような危険な現場で子どもが働くのは大問題です。

◆「何が起きているか」を知る大切さ

児童労働や搾取《さくしゅ》が起こってしまうのは、服や携帯を買っている私たちが問題を知ろうとしないことも原因の一つでしょう。服を作る工場の様子なんて知らないし、一日中働いている子どもにも会ったことがなければ、問題を想像するのは難しいかもしれません。それに、可愛い服や化粧品が安かったら、ついつい買いたくなりますね。

ただ、この本を読んで児童労働や搾取の話に心を痛めたなら、きっとできることがあります。

格安の通販で服やアクセサリーを「爆買い」してみたいと思ったとき、「なぜこんなに安いのかしら」と考えてみるのです。インターネットで調べてみると、そのような通販の商品を作る工場で働く人々がどのような不満をもっているのか、情報が出てきます。

サッシーとツイッグも、児童労働に関する情報はインターネットで調べていて、こう言っていました。「見つけようと思えば、情報はそういうところにあります。でも、正直、ほとんどの人はそれよりも安い服を買いたがるみたいです。あまり疑問をもたずに」

◆安いものを避ければ大丈夫、じゃない！

高い服なら働く人から搾取することなんてないだろう、と思いきや、どうやらそうでもないみたいです。高級ブランドのドレスに美しい刺繍やスパンコールをつけるために、職人の労働力が搾取されることがあるようです[(6)]。

オーガニック素材ならいい商品だろう、と思いきや、サッシーがモデルをさせられそうになったパラディソの服は、オーガニックだけれど児童労働が起きていました。このような商品は実際に存在していたことがあります[(7)]。

もう何も安心できない、メイド・イン・ジャパンの商品を買うしかない、と思いきや、日本国内でも、技能実習生として日本へ来た外国人が搾取されていることがあるそうです[(8)]。

調べれば調べるほど、普段使っているものが、誰かの犠牲《ぎせい》によって作られているものだということがわかりました。ジンが「世界は不完全」と言っていましたが、世界はたくさんの問題がつながっていて、完ぺきな正義を求めることはとても難しいですね。

◆エシカル消費ってなに？

服を作る人たちに充分な給料を払って作られている商品もあります。そのような商品には、フェアトレードのマークがついていたり、「この商品は児童労働や搾取《さくしゅ》によって作られていません」という説明がついていたりします。そのような商品を買うことを「エシカル消費」といいます。

フェアトレードとは、物を作る人たちに対して充分なお金を払って取引をする貿易のことです。ピップも、パラディソの服を返品したあと、フェアトレードのドレスを買ってもらっていましたね。フェアトレードの商品は、服だけでなく、バナナやチョコレートなど食べ物もたくさんあります(9)。

フェアトレードの商品は、少しだけ値段が高いことが多いです。すべての買い物をフェアトレードにすることは難しいかもしれませんが、「安い商品をたくさん買うのをやめればフェアトレードの商品を一つ買えるかな？」など、無理のない範囲《はんい》で考えてみましょう。また、身の周りの大人に買ってもらえそうな人はぜひお願いしてみましょう。

お下がりの服を着たり、多少壊れても修理して使い続けたりと、一つの商品を大切に使うこともエシカル消費の一つです。間接的ではありますが、大量消費のサイクルがゆるやかになることによって搾取労働で商品を作ることを減らします。

◆声をあげよう！

チョコレートやコーヒーはフェアトレードの商品を見つけやすいのですが、携帯電話やパソコンには、フェアトレードの商品はなかなかないのが実態です。

フェアトレードの商品がないならば、私たち消費者がフェアトレードの商品をほしがっているということを、メーカーにわかってもらうことも一つのアクションとなるでしょう。実際に、たくさんの人の署名を集めて、政府や携帯電話のメーカーに児童労働をさせないようにお願いする活動はさまざまな国で行なわれています(10)。オンラインの署名活動もありますので、賛同できる活動があればぜひ参加してみましょう。

メーカーに抗議《こうぎ》をするもう一つの方法として、不買運動というものがあります。不買運動は、会社や団体へ抗議するために特定の商品を買い控えることです。「あの店で売られている服は児童労働で作られているから買わないことにしよう」と呼びかけることで、その商品を作る団体が児童労働をやめるきっかけになります。

かつて、有名なスポーツ用品メーカーの児童労働が発覚し、大規模な不買運動が起こりました。その結果、メーカーは契約しているすべての工場の環境と支払い状況を消費者に公開することになりました。工場の環境はまだ改善できる点があるという意見もありますが、透明性《とうめいせい》が高くなったことは確かです(11)。

◆声をあげる目的は？

メーカーに抗議をしても、状況が必ず改善されるわけではありません。子どもたちが学校に通える環境が整っていない状態で、突然メーカーが下請《したう》け工場との取引をやめてしまったことにより、その工場で働いていた子どもたちが行き場を失い、今まで以上に危険な仕事をさせられてしまうことや、最悪の場合、人身売買されてしまうこともあるそうです(12)。

かといって、児童労働の事実を見過ごしていては、児童労働はなくなりません。声をあげることは悪いことではないはずです。

抗議《こうぎ》運動に参加するときは、その目的が「工場との取引を突然やめてもらいたいこと」ではなく、「労働者へ充分な賃金を払ってほしいこと」と、「劣悪な労働環境を改善してほしいこと」であるということをメーカーにわかってもらえるような抗議内容であることを確かめた上で参加するのがよさそうです。

◆三つのステップ

児童労働と搾取《さくしゅ》をなくすために自分にできること、そしてこの本を読んでくれた人にできることをもっと考えたいと思い、世界の子どもたちがより安全で豊かに生活できるための支援活動を行なうワールド・ビジョン・ジャパンの松本謡子さんと、徳永美能里さんにお話をお聞きしました。

次の「三つのステップ」を使えば、アクションが取りやすいと教えてもらいました。

① 問題を知る
② 自分にできることを考える
③ 行動する

いかがでしょうか。実は、これらのステップはまさしくサッシーが作中でやっていたことです。テレビで児童労働の実態を知ったあと、サッシーは曲を作って人々の前で歌いました。

◆人々へ伝えるためのアイデア

サッシーのように、児童労働の実態を人々に「伝える」ことは、アイデア次第で取り組めます。日本の子どもたちがワールド・ビジョン・ジャパンの講演を聞いて実際に取り組んだことを紹介します。

・児童労働に関するポスターを作る
・文化祭で児童労働に関する展示活動をする
・児童労働の実態をもとに劇をつくって発表する
・チャリティマラソンを開催して募金を集める
・チャリティイベントのための応援ソングを作る

歌を作ったり劇を発表したりするなんて、サッシーに負けず劣らずユニークですね。そして、自分の好きなことを活かしたアイデアが素敵です。

子どもたちこそ、人々の心へ訴えかけるパワーは強いです。ぜひ「伝える」取り組みにチャレンジしましょう。さらに気になる方は、国際協力NGOワールド・ビジョン・ジャパン（www.worldvision.jp）もチェックしてみてください。

児童労働と搾取《さくしゅ》の問題を知る人が増え、アクションを起こす人が増えれば、児童労働をもっと減らすことができるはずです。私も、エシカル消費など自分にできることをやります。問題を調べているとショッキングなことを知ってしまいますが、悲しい気持ちになるよりむしろ、児童労働のない明るい未来のことを考えていきたいと思いました。

◆エシカル消費や搾取工場について知るための参考資料

『身近でできるSDGs　エシカル消費3　エシカル消費をやってみよう！』
三輪昭子著、さ・え・ら書房、二〇一九年

『このTシャツは児童労働で作られました。』
シモン・ストランゲル著、枇谷玲子訳、汐文社、二〇一三年

◆**謝辞**

小鳥遊書房の高梨様と林田様へ。一巻に引き続き、さまざまなアドバイス、アイデアによって出版に導いていただき、本当にありがとうございます。翻訳を進めることが難しい事情が続いたときにも応援していただき、心の支えとなりました。

イラストレーターのYOUCHAN様へ。鮮やかでワクワクする表紙と挿絵《さしえ》を創り上げていただきありがとうございます。この作品を好きでいてくださっているということがとてもうれしいです。愛のあふれるデザインとイラストのおかげで、より一層素敵な本になりました。

ワールド・ビジョン・ジャパンの松本様、徳永様へ。突然の依頼にもかかわらず快くインタビューを引き受けていただき、ありがとうございました。私の質問に対し一緒に悩んでいただいたことがとても印象的でした。インタビューのあとも児童労働への関心はどんどん増し、このような長いあとがきとなりました。

友人の落合さんと篠原さんへ。誤字脱字と表現のチェックを手伝ってもらい、ありがとうございました。

母へ。この翻訳を一番に読んで感想を教えてくれてありがとう。出来上がった本を見たら、きっと母も気に入ると思います。

＊　＊　＊

（1）児童労働によるサッカーボール生産をなくすために国際機関やFIFAがさまざまな取り組みをしています（「サッカーボールと児童労働」ACE https://acejapan.org/childlabour/report/soccer-ball）。
おもちゃ工場で過酷な労働により自殺に追いこまれた人がいたり、十四歳の子どもが働いていたりすることが、十三年前にありました。過去にこのようなことが起きていたのはとても悲しいですね。（「Disney factory faces probe into sweatshop suicide clames」 https://www.theguardian.com/law/2011/aug/27/disney-factory-sweatshop-suicide-claims）

（2）「話題のシーイン 労働環境の実態は? スイスの人権団体が「違法」と報告」WWD JAPAN（https://www.wwdjapan.com/articles/1464917）

（3）コンピューターの部品に使われるコバルトを産出するコンゴ共和国では、二割が手掘りの採掘をしており、労働環境が整備されていない状況です。（「消費者としての役割 コンゴのコバルト採掘の例から」ＮＨＫ https://www.nhk.or.jp/kaisetsu-blog/400/491434.html）

（4）「インドの iPhone 工場が労働者の健康にとって非常に危険な環境だったことが明らかに」GIGAZINE（https://news.livedoor.com/article/detail/25106906/）

（5）「The Makeup Industry’s Darkest Secret Is Hiding In Your Makeup Bag」RIFINERY29（https://www.refinery29.com/en-us/2019/05/229746/mica-in-makeup-mining-child-labor-india-controversy）

（6）「ディオールの豪華なドレスはインドの「奴隷職人」の手で作られる」クーリエジャポン（https://courrier.jp/news/archives/198276/）

（7）「Report alleges Victoria、s Secret linked to child labor」CNN（https://edition.cnn.com/2011/12/15/world/africa/victorias-secret-child-labor/index.html）

（8）「搾取工場は海外の話ではない。日本でもずっと続いてきた」WWD JAPAN（https://www.wwdjapan.com/articles/1510529）

（9）フェアトレード商品を生産するためには厳格な基準をクリアせねばならないので、生産者によっては取り組むのが難しいですが、適正な価格の取引をできるだけ増やすことが、搾取《さくしゅ》を減らすことにつながります。
『コーヒー豆を追いかけて――地球が抱える問題が熱帯林で見えてくる』原田一宏、くもん出版、二〇一八年

（10）たとえば、アップルとテスラに、児童労働によるコバルト採掘をやめてもらうよう頼んでいる署名があります。
（https://www.gopetition.com/petitions/stop-cobalt-slavery.html）

（11）ナイキの世界じゅうの工場の様子がわかる地図「NIKE MANUFACTURING MAP」（https://manufacturingmap.nikeinc.com/#）

（12）https://en.wikipedia.org/wiki/Child_Labor_Deterrence_Act（最終閲覧日二〇二四年二月一八日）

＊なお、登場人物の「ディグビー」の名前を、一巻では「ディグバイ」と訳しておりましたが、実際の発音に近い表記に改めました。

【著者】

マギー・ギブソン

(Maggi Gibson)

3人の子どもを育てながら、若者向けの詩や小説を多数執筆。
スコットランド芸術評議会でのフェローシップの開催や、
スコットランドじゅうの学校を訪れて、ライティングのワークショップ、
自身の作品の朗読なども行なう。
2000年にスコッツマン新聞日曜版のライティング賞女性部門を受賞。
アシャム・ショートストーリーの入賞経験もある。
著書に、*Seriously Sassy*（PUFFIN BOOKS, 2009）、
Seriously Sassy: Crazy Days（PUFFIN BOOKS, 2010）他。

【訳者】

松田 綾花

（まつだ・あやか）

1992年東京生まれ。
明治大学国際日本学部を卒業後、
普段はシステムエンジニアとして働きながら、
環境問題や貧困問題など、社会の課題解決に関心をもち、
さまざまな団体でボランティアやインターンシップなどへ参加している。
本書の主人公サッシーと同じ、ベジタリアン。
翻訳書に『サッシーは大まじめ』(小鳥遊書房、2019)。

サッシーは大《おお》まじめ
夢《ゆめ》見《み》るだけじゃ、はじまらない！

2024年6月28日　第1刷発行

【著者】
マギー・ギブソン
【訳者】
松田 綾花

発行者：高梨 治
発行所：株式会社**小鳥遊書房**《たかなし》
〒102-0071　東京都千代田区富士見1-7-6-5F
電話 03（6265）4910（代表）／FAX　03（6265）4902
https://www.tkns-shobou.co.jp
info@tkns-shobou.co.jp

装幀・カバー画・挿絵　YOUCHAN（トゴルアートワークス）
印刷・製本　モリモト印刷(株)

ISBN978-4-86780-044-7　C8097